bonheur fantôme

Du même auteur

Point de côté, Éditions Thierry Magnier, 2006
Servais des Collines, Oskar, 2007
Né sur X, Éditions Thierry Magnier, 2008
LÂge d'ange, L'École des loisirs, 2008
N'importe où hors de ce monde, Oskar, 2009

Couverture : Frank Secka et Christophe Paquet
Photo : © Flore-Aël Surun/Tendance Floue

Parc Saint-Joseph – BP 3522 – 12035 Rodez cedex 9
Tél. : 05 65 77 73 70 – Fax : 05 65 77 73 71
www.lerouergue.com

Anne Percin

bonheur fantôme

la brune

Love alters not with his brief hours and weeks,
But bears it out even to the edge of doom.
If this be error and upon me proved,
I never writ, nor no man ever loved.
William Shakespeare, *Sonnets*

L'amour ne souffre pas en ces heures brèves
Il va droit jusqu'à celle du Jugement.
Et si c'est faux cela, et qu'on me le prouve,
Au diable mes écrits ! Nul n'aura donc aimé.
(Trad. Yves Bonnefoy)

1. Les Champs baillés

Tout est liquide ce soir. Il pleut depuis plusieurs heures, le sol est si détrempé que la pluie fait un bruit mou en touchant la terre. Un bruit d'éponge pressée, un bruit de baiser qui dégoutte de salive. Pas de vent, juste l'eau qui coule en nappes épaisses, sirop de pluie. Pas de lune. La silhouette squelettique du pommier s'est diluée dans l'obscurité.

Heure molle, heure froide, paysage en lavis. Nuit d'encre.

J'écoute à la radio la voix démodée de chanteurs morts depuis longtemps. Les chats ronronnent, les chiens ronflent. Je viens de nettoyer un stylo-plume dont je n'avais pas dévissé le capuchon depuis dix ans. J'ai vidé le tiroir à cendres du fourneau, balayé les feuilles mortes qui couvraient l'allée du jardin et poussé le verrou de ma porte.

Les camions filent sous la pluie, font frissonner les murs, vibrer les vitres.

J'habite une maison en bordure de la route, dont me sépare une clôture de ciment digne d'un poste de garde-barrière.

C'est de la campagne sincère, sans apprêts, sans folklore. Rien qui arrête l'œil, sauf un chêne isolé dans un pré. Ma maison non plus ne retient pas l'attention, offerte à tous les vents. Pour un citadin qui rêverait de se mettre au vert, ce serait une résidence secondaire de cauchemar. Qui voudrait passer le dimanche de Pâques avec ses gosses à chercher des œufs en chocolat au bord d'une départementale entre La Flèche et Le Mans ?

Je vis en bordure du néant, en rat des champs. Comme dit ma mère, « marginal, mais pas méchant ».

La Sarthe, pour moi, est sans mémoire. Je n'y ai pas d'attaches, pas de passé. Depuis que je suis là, ça va faire dix-huit mois, je me répète qu'en cas d'urgence, je partirais. Toujours plus loin, Petit Poucet fou qui jetterait des cailloux en avant, n'importe où, pour continuer à se perdre. Si ça devait ne plus aller, je prendrais un train, n'importe lequel, je me jetterais dedans. Il y a une dizaine d'années, j'étais plutôt du genre à passer dessous. Mais pour me défaire de ma peau d'homme de vingt-huit ans, je sais désormais qu'il y a d'autres moyens.

Quand je revois quelqu'un de ma vie d'avant, il me dit que je n'ai pas changé. C'est sûrement vrai. Pourtant je change à chaque minute, comme tous les vivants. Ça passe, ça file, les années, les idées… Comme des nuages dans le ciel. Je suis quelque part – je peux presque sentir où en l'écrivant – un peu en avant de ma tête, en un point précis qui se projette et flotte, et de là, je me vois. Je me demande si tous les hommes connaissent ce genre de flottement, ou s'ils adhèrent à eux-mêmes, englués dans leur identité, indécrottables, indivisibles. Je me vois comme une pierre à l'image de mon nom, mais pas de ces cailloux dont on sème les chemins, dont on construit des murs, dont on pave des routes. Plutôt le genre *rolling stone*.

Je n'ai jamais beaucoup travaillé.

D'abord, on ne m'emploie pas. Je m'emploie, tout seul, comme un grand. Depuis plus d'un an, par exemple, je rédige la biographie d'une femme oubliée. Elle peignait des vaches et s'appelait Bonheur, ce qui aurait pu suffire à lui assurer une gloire éternelle. Je tente de réparer l'injustice, entreprise prétentieuse mais, après tout, j'ai encore la jeunesse pour excuse. Le projet n'en est qu'à ses balbutiements mais, dans mes jours fastes, je me dis que ce sera formidable, que mon livre sera un *best-seller* – le pire, c'est que j'y crois.

À part ça, comme il faut bien gagner sa croûte, je collecte des vieilleries, que je vends en brocante et dans une petite boutique de La Flèche dont le pas-de-porte ne me coûte presque rien, puisque c'est le curé qui me le cède pour des raisons que je raconterai peut-être si tout va bien et puisque mon stylo se décide apparemment à cracher de l'encre en continu.

Je m'emploie aussi, à titre gracieux, à nourrir les animaux que la Providence dépose devant ma porte. J'ai recueilli successivement un chien naufragé de la route, puis un molosse au passé louche. Une chatte a échoué chez moi un soir d'orage et je l'ai gardée. Je ne l'avais jamais vue avant. Autour de son cou, une pelade fraîche indiquait l'abandon récent, le collier vite enlevé… Depuis, elle croît et se multiplie. Bien sûr, ses chatons ne restent pas, je les pousse à l'aventure, alors ils courent le pays et reviennent chez moi, aux temps mauvais, se retrouvent, font leurs petites affaires. Ma grange est un hôtel de passe, la banquette arrière de ma Citroën, une maternité.

Voilà ce que je fais, ce que j'ai, comment je vis ou à peu près. Vu de loin, peut-être cela paraîtra-t-il louche, boiteux, difficile même. Ma plus proche voisine va sur les quatre-vingts ans, elle vit seule et me dit souvent : « Mon petit Pierre, je sais bien ce que c'est que de tirer le diable par la queue, allez ! » Et elle me regarde avec compassion derrière ses lunettes.

Pourtant, je me sens si bien dans cette vie que parfois j'ai peur que ça ne se voie trop et qu'on ne vienne m'enlever tout. Mais c'est une pensée idiote que je refoule parce que, sinon, « dans la vie, on n'avance pas », elle dit ça aussi ma voisine – j'ai de la chance d'avoir une voisine comme elle : à Paris, je payerais pour m'entendre prodiguer ce genre de conseils.

Mais ce que je voudrais écrire encore ce soir, tout de suite avant que la pluie ne s'arrête et que je n'aille ouvrir la porte pour laisser pisser les chiens dans la nuit, c'est que je suis *pur*.

C'est une drôle d'idée, je sais, d'annoncer ça d'emblée.

En plus, c'est un vilain mot. Un mot trop court, écorché, saignant, malpropre, qu'on n'a même pas envie de prononcer, tant nous en dégoûtent les relents de morale et de foi qu'il dégage. Alors si je l'emploie, qu'on me fasse l'amitié de croire que ce n'est pas par plaisir. J'en dis des choses, par plaisir parfois, c'est vrai. Mais ce mot-là, je suis allé le chercher très loin, en des terres arides et sans agrément, quelque part très loin en moi. Je l'ai pris parce que c'est le seul qui m'allait, tant pis si sa laideur triste me cache plus qu'il ne me dévoile.

Pur ne signifie pas constant, ni chaste, ni angélique. Certainement pas simple, ni transparent.

Être pur, c'est une obstination. Je m'entête à assumer un tissu de contradictions et, peut-être, de mensonges. C'est une façon de me dire fidèle. À moi-même, et à ceux qui ont compté.

*

Il y a un peu plus d'un an, au mois de janvier, j'ai signé l'acte d'acquisition de la maison.

Le notaire de La Flèche commençait à désespérer de la vendre. « Ce genre de biens, de nos jours ça ne vaut plus rien », regrettait-il. *Rien* me semblait encore beaucoup : je connaissais la somme exacte que je pouvais débourser, le notaire a transmis mon offre au propriétaire, et à ma grande surprise, on m'a dit oui. J'ai flingué mon compte en banque jusqu'au dernier centime, littéralement et sans regrets : je n'aimais pas la façon dont je l'avais rempli, je n'ai donc pas eu de scrupules à le vider.

En bas se tiennent une pièce appelée salon, qui me sert surtout de débarras, et la cuisine, immense. Sous le conduit de cheminée, un fourneau à bois très large où l'on peut faire cuire des tas de choses, principalement des nouilles. À l'étage, ma chambre et un embryon de salle de bains, pièce à demi carrelée où cohabitent un vieil évier en pierre et une douche digne d'une maison de retraite, avec paroi synthétique moulée et banc de repos pour grabataire humide. À quoi s'ajoutent diverses dépendances : une cave voûtée crépie de salpêtre, un hangar ouvert à tous les vents et une grange où je nettoie, décape et restaure les meubles. Le tout est vétuste, mais le bâti est bon. Il y a tout de même de fortes chances que cette construction me survive, ce qui est le cas de la plupart des constructions de l'homme, quand on y réfléchit bien. Seuls les peuples nomades et le petit cochon imprévoyant sont voués à l'éphémère.

J'ai acheté aux Emmaüs un lit, une armoire et quatre chaises. Ma mère m'a fait don d'ustensiles de cuisine fatigués ; pour l'heure, je n'ai apprivoisé que la cocotte-minute. Au fil des brocantes, je ramène des meubles. Parfois, c'est tellement encombré qu'on ne peut plus circuler dans le salon, mais c'est toujours provisoire. Parfois, ça se vide et c'est comme la marée qui se retire : tout à coup, je n'ai plus rien, ou plutôt, je me souviens que je n'ai jamais rien eu. Et j'aime ça, ce rythme naturel de la possession. Le plein et le vide.

À La Flèche, ma petite brocante se tient dans l'ombre d'une grande maison de pierres grises au toit d'ardoises : la plus grande crêperie de la ville. Une sorte d'avant-poste breton sur le chemin de la mer. Le restaurant s'appelle modestement *La Chaumière*, l'enseigne est un drapeau blanc rayé de noir, et un autocollant « *Breizh atao* », sur la porte d'entrée, donne le ton. Les samedis soir, c'est ambiance cornemuse. Le patron, Jean-Michel, est de Ménilmontant… Mais l'important, comme il dit, c'est d'y croire.

J'ai été son locataire pendant six mois, et souvent je casse la croûte gratis dans la cuisine de son resto. Tartines de beurre salé, rondelles d'andouille, fonds de cidre. Je le rembourse en livres pour ses gamins, en petits services. Parfois je fais la plonge, je l'aide en cuisine, je fais des extras. L'été dernier, j'ai secondé sa serveuse, la belle Léontine : petite lionne en costume de chatte, tempête du désert cachée dans un mignon corps tout brun. Jolie bouche en cerise, regard de petite fille, voix feutrée… et avec ça, infatigable, autoritaire, dure parfois, drôle souvent. Tout le monde aime Léontine. Les clients, les gens du quartier, moi aussi bien sûr. Tout le monde l'aime, surtout Jean-Michel, mais ça, c'est le Grand Secret…

Jean-Michel, c'est un personnage : une grande gueule comme on n'en fait plus, avec un cœur qui déborde de partout. Faible et, par conséquent, inévitablement cruel. Il a trois gamins à domicile, en plus d'une pension alimentaire à verser, car il s'est dépensé sans compter… Il a aussi une femme explosive, la vraie patronne de *La Chaumière*.

Alors évidemment, ça s'engueule. Dans ce ménage sous tension, je sers de témoin, de faire-valoir, de contrepoint. D'alibi, parfois. Ça n'est pas que ça m'amuse, mais on ne me demande pas mon avis. Je suis le Parigot égaré, le voisin isolé, le presque vieux garçon. On m'invite pour meubler, pour se donner bonne conscience, pour faire le quatrième à la belote ou finir des restes de gigot. Je n'attends rien de l'amitié, sinon une place à table.

Il faut dire que je suis un convive d'exception, capable d'apprécier un grand cru comme de se torcher à la Kro, s'il le faut. Et souvent il le faut, pour supporter le bruit de ceux qui ne me ressemblent pas… On ne me saoule jamais, même pas d'histoires. Je *tiens* l'ennui comme d'autres tiennent l'alcool. Je ne contredis pas, je ne polémique pas, j'écoute. J'adore entendre les gens parler de leur vie, se souvenir, expliquer, chercher en eux-mêmes le parcours qui les a menés où ils sont. Je suis complaisant, bienveillant, patient. Je pousse le vice jusqu'à feuilleter avec enthousiasme leurs albums de photos.

J'aime observer les changements, les cheveux qui changent de coupe, de couleur, le corps qui grandit, qui grossit, qui maigrit, qui se ride, se raidit. Les coins se racornissent et le papier jaunit et, lentement, chacun s'éloigne de son image…

Je les écoute commenter cette lente métamorphose. C'était bien mieux avant, comment s'appelaient ces gens, et tu te rappelles quand… Je me tais, à l'abri des images. Tranquillement, je contemple avec eux l'étendue du désastre, l'avalanche des souvenirs, moi qui n'ai pas de passé à partager, moi qui n'ai pas trente ans, moi qui n'ai pas fondé de famille. Ivres de nostalgie et alourdis de bonheur, ils ont une densité, un poids que je n'ai pas… Seul et sec que je suis, j'envie parfois leur poids, leur tendresse, leurs bourrelets. Les couples surtout engraissent à l'unisson, sûrement parce que lutter contre le temps qui use le corps, contre la lente corrosion du désir aurait été au-dessus de leurs forces. En vieillissant, ce qui meurt en nous, ce n'est pas le passé, c'est l'avenir. Lorsqu'on a perdu sa seule raison d'espérer, sa seule véritable force, son unique sujet de fierté, alors il n'y a plus rien à faire que de noyer dans la graisse ses plus belles années, et remplacer par l'ivresse et la bouffe la flamme qu'on avait dans l'âme à vingt ans.

*

Ramasser des vieilleries et les revendre, cela porte un nom. Contrairement à ce que s'imaginent les piliers de bistrot qu'il m'arrive de fréquenter à La Flèche, je ne fais pas les poubelles.

Comme on dit en argot parisien, je suis *pêcheur de lune*.

J'ai plaqué six années d'études sans aucun débouché pour devenir brocanteur. Six ans de philosophie, la voie royale vers le néant professionnel. Je n'y ai pas perdu mon temps, je considère même y avoir gagné, sinon ma vie, du moins le droit d'en jouir. Mais le fait est que je n'ai jamais su quoi faire de mes dix doigts. L'important était avant tout, pour moi, d'avoir l'esprit assez occupé…

Or un jour, en revenant des puces de Saint-Ouen, j'ai eu comme une révélation.

J'y passais mes dimanches matin, en hiver. R., qui m'y accompagnait parfois, cherchait des lentilles de caméra tandis que je me bourrais de frites et fumais des *beedies*, en extase devant des têtes de mannequin en celluloïd. Peu à peu, j'avais commencé à me sentir chez moi là-bas. Je connaissais les allées, renseignais les gens perdus. À la nuit tombée, hagard et bienheureux, je rentrais enfin, les mains sales de poussière et de graisse, le cœur plein.

À Paris où j'avais débarqué les mains dans les poches à dix-huit ans, boulimique d'amour et d'avenir, à Paris où rien n'était à moi, je venais de me trouver un pays. Un pays plein de cartes postales, de vieux journaux, de livres anciens, de jouets cassés. Tout ce qui peuple les greniers des maisons où des gens ont vécu et aimé, tout ce qui ne m'appartient pas, me rassure. Chez mes parents aussi, il y a de vieux jouets, mais ceux-là, je n'y toucherai jamais. Ils sont dans des cartons, au garage. Sur des rayonnages, comme dans un magasin. Dessus, au feutre bleu, c'est marqué *Vêtements, jouets, Éric et Pierre*. J'imagine avec horreur tout ce que ma mère a pu vouloir garder : dents de lait, boucles de cheveux, bracelets de naissance, cahiers d'école, bulletins scolaires…

J'ai donc résolu de mettre mon nez dans les affaires des autres, dans leur poussière, dans leur saleté, leur mémoire, leurs amours, leurs fantômes. Les miens sont sous scellés.

Voilà comment, un beau jour, je me suis retrouvé aux enchères à Drouot, aux cours d'expertise à Olivier-de-Serres ou en « stage céramique » à l'école Boulle. J'ai étudié la dinanderie, les arts du feu, la sociologie du marché de l'art et la gestion commerciale, visité des ateliers d'artistes, révisé mes classiques à l'école du Louvre, tenu la caisse d'un antiquaire, parcouru des kilomètres sur le siège passager des fourgonnettes. J'ai connu le vertige des vapeurs de térébenthine, le frisson du vieux papier, appris à m'écorcher les doigts sur des outils rouillés, à soigner les trous d'un meuble vermoulu, connu la recette secrète de la *popote*, et pour finir, récompense suprême, j'ai enfin pu siroter des blanc-cass' avec des barbus qui fumaient la pipe.

En ce moment, j'achète et je vends du *papier*, comme on dit dans le métier : journaux, affiches, souvenirs des classes d'autrefois. Ça marche bien, le scolaire vétuste, ça a un goût d'âge d'or. J'achète au poids et je fais le tri : cartes de géo du temps de la communale, encriers, bons points, plumes Sergent-Major, manuels de lecture, tableaux noirs. *Du nanan pour Parigots*, disent les confrères. J'ai un coin « vieille école » dans la boutique et, sur un petit bureau d'écolier avec son banc, j'ai mis une corbeille avec des Carambar dedans. Les gens se servent. Comme ils se sentent vaguement mal à l'aise, avec leur caramel collé dans les molaires, ils m'achètent quelque chose.

Dès les beaux jours, je fais la tournée des petits villages avec ma Dyane et une remorque qu'elle traîne péniblement. Je fais le tour des mairies, visite leurs réserves. On trouve toujours un ou deux bancs d'école dans le bric-à-brac communal, sans compter les vestiaires métalliques, le mobilier rétro des bureaux, les vieux téléphones. La patronne du bar-tabac *Chez Yvonne*, mon Q.G. à La Flèche, m'indique les restaurants qui ferment, les cafés qui se refont une jeunesse et m'alimentent en vieilleries publicitaires. En m'arrangeant avec des collègues, j'arrive à faire une quinzaine de brocantes dans la saison. On me prête une camionnette que je pilote avec une lenteur rarement justifiée par la valeur de son chargement, tandis que mes chiens hurlent à la mort, phénomène curieux dû, semble-t-il, au stress généré par ma conduite.

Une fois sur place, je retrouve les chineurs, l'odeur des merguez et des baraques à frites, l'encaustique et la poussière. Dans ces moments-là, je pense à mes carrières ratées.

À tout ce que j'aurais pu être et que je n'ai pas été.

À ce que j'ai fait dans ma vie dont nul ne peut se douter. À ce que j'ai réussi à cacher. Imposteur ou apostat, je me demande si c'est maintenant que je suis *moi*. Est-ce que je triche ou est-ce que je suis enfin dans le vrai ? Pendant que le débat se poursuit dans ma caboche, je souris dans le vide.

C'est bon pour la clientèle, le sourire.

*

Le long de la route entre La Flèche et Le Mans, c'est plein de petites pancartes bleues à la typographie désuète. Dès que deux maisons se rencontrent ou qu'une ferme s'étale, il faut trouver un nom à cet agglomérat, pour qu'on sache où l'on vit et que le facteur ait quelque chose de plus joli à lire, sur l'enveloppe, qu'un kilométrage. Il y a *La Belle Entreprise, Le Réveil-matin, Le Chêne vert*… J'aimerais bien savoir qui a décidé un jour que ma maison et celle de ma voisine Paulette, pourtant distantes d'un kilomètre, se partageraient ce titre : *Les Champs baillés*. J'y ai vu d'abord une sorte d'invitation à la paresse. Je n'avais pas remarqué l'absence de l'accent circonflexe, qui doit toujours inquiéter. Ma voisine, qui n'a pas fait d'études, en savait plus long que moi. Il faut dire que dans ces champs, son mari a trimé toute sa vie.

Les champs *baillés*, ce sont seulement ceux qu'on a loués.

Chez Paulette, j'arrive en coupant par les terres, justement. J'aime bien courir dans les labours, c'est comme avancer sur une voie de chemin de fer désaffectée, il faut ajuster chaque foulée si l'on ne veut pas tomber. Parfois, des choses y poussent que je ne reconnais pas tout de suite ; en été, je me dis : « Tiens, c'était du blé. » Paulette rectifie : c'est de l'orge, c'est de l'avoine, c'est du seigle. Sur ses conseils, j'évite de piétiner les semences. Pour cela, je longe les bordures, là où le tracteur a laissé l'empreinte de ses virages, ces retours de sillon où poussent en été les coquelicots. Mon parcours devient délicieusement absurde. Parfois je ris tout seul, piégé dans un coin entre un barbelé et un carré de maïs, comme un Pacman dans son labyrinthe.

Dans la cour de la ferme de Paulette, les poules gambadent en liberté. On y croise des chats qui dorment au soleil, parfois je reconnais les miens. La Rousse me frôle gentiment, façon de dire : *Je te connais, tu m'appartiens*. Le long du mur s'étendent des clapiers, protégés par un toit de tuiles. Les granges sont à l'abandon, mais encore chargées de paille : plusieurs générations de lapins en auront profité, des lignées de chats s'y perpétuent. Quelques engins agricoles vétustes achèvent de rouiller.

Quand on entre de plain-pied dans la cuisine, on a le nez pris : ail, viande bouillie, poireau, savon noir, chou, salpêtre, champignon, lard fumé, café *bouillu*, pomme cuite, rose ancienne, le tout mélangé, collé aux murs, aux rideaux. Cela forme un parfum que Paulette trimbale sur elle, au marché, en ville, sur les chemins. De ses blouses sans manches boutonnées jusqu'au cou, de ses foulards, de ses cheveux qu'elle teint en bleu-mémère, monte cette odeur dont je ne saurais pas dire si elle est bonne ou désagréable. C'est une odeur que je n'ai jamais sentie ailleurs : je n'ai plus d'ancêtres vivants et je les ai mal connus. Je ne la retrouve que dans les fermes où l'on m'appelle pour débarrasser les greniers, dans les cartons de vaisselle ou de livres qu'on déballe en brocante. Elle émane des maisons plus que des habitants. C'est l'odeur du passé, pas celle des vieux.

La cuisine de Paulette est carrelée de faïence blanche et noire, en damier, digne d'un tableau de petit maître hollandais. Les mêmes chats y rasent les murs, le poêle à bois ronronne, la nappe en toile cirée est bien tendue et un peu usée. Le mobilier est remarquablement homogène, tout date des années 40, sauf une affreuse console mélaminée aux pieds colorés, ornée d'un napperon au crochet, et qui supporte la télévision. Car elle a la télévision, Paulette, et s'étonne que je ne l'aie pas, moi.

L'engin trône dans la cuisine, couvert d'un torchon décoratif pour éviter que les graisses de cuisson ne salissent l'écran. À côté de lui, la télécommande et le programme télé sont dans une petite boîte en bois, objets du culte. Avant le journal de 13 heures, elle tire une chaise et s'installe comme pour faire la conversation au poste… À quoi bon lui dire tout ce que je pense de la télé, des infos, de son présentateur favori, de la politique, des séries, du Loto, des *reality shows*, du monde des images formatées et de la publicité, des parcelles de cerveau disponible ? Peut-être qu'elle est contente comme ça, pas dupe pour autant.

Derrière la cuisine s'ouvre le salon, tenu comme un boudoir : elle n'y va que pour lire, activité qui semble réclamer une certaine pompe. C'est la pièce de réception officielle, on s'y presse dans les grandes occasions ; comme pour l'enterrement d'André. Son mari. *Mon époux,* dit-elle avec son accent sarthois.

Elle m'a raconté la veillée funèbre, le corps exposé dans la chambre contiguë, un rameau de buis béni entre les mains jointes. Les voisins lointains, les familles du Mans, du Lude, de Malicorne… sont venus causer dans le salon, prendre le café, manger des gâteaux. J'ai trouvé ça d'un exotisme hallucinant. Je la pressais de questions, passionné comme si je devais faire une thèse d'ethnologie sur le sujet, mais elle a vite modéré mon enthousiasme : ici, me disait-elle, ce sont des pratiques courantes. Quand un mort « va pour être mis en terre », dit-elle, on accompagne ceux qui restent. C'est la coutume. Pas de pleureuses professionnelles louées à l'heure comme en Sicile, pas de repas sur la tombe comme au Mexique : juste un café, des gâteaux et le pousse-café *pour les hommes*. Pourquoi seulement les hommes ? Elle ne le dit pas, Paulette, mais je le sais bien, moi. Quand je n'y serai plus, j'aimerais qu'on fasse la même chose. Je vais laisser dans mes placards, pour mon ultime convive, de la poire, du kirsch, du calva, tous les tord-boyaux régionaux, toutes les gnôles du monde, ce sera ma tournée. Un joli petit coma en perspective, pour celui qui viendra…

Paulette et André, c'est une histoire comme je les aime.

Rien d'exceptionnel en soi. Une rencontre dans un bal après la Libération, un mariage à l'église de La Flèche. Puis la jeune épousée quitte sa famille et la mégalopole enfiévrée (à savoir Le Mans), sa position d'ouvrière dans une conserverie, on reprend la ferme familiale de monsieur, on retrousse ses manches, on élève de la volaille. Des enfants naissent, deux filles qui sont bien sages, font leurs études, sortent dans des bals, puis se marient à leur tour et vont s'établir ailleurs, l'une à Paris l'autre à Rennes.

La ferme prospère, youpla boum. Des champs à *bailler*, des volailles à plumer, mariages, naissances, décès.

En 1985, André a une première attaque. Et une deuxième deux ans plus tard. Il travaille trop pour son âge, mais à soixante ans c'est encore un homme robuste, comme le montrent les photos sur le buffet. Un homme trapu et blond, aux cheveux en bataille, au teint rouge, aux mains carrées. Sa chemise à carreaux bien tendue sur son ventre rebondi, il porte des bretelles. Il était plus élégant sur leur photo de mariage : costume noir, nœud papillon, il se tenait tout raide, empesé dans son linge. Paulette aussi était en noir, à cause d'un deuil récent dans sa famille. Elle a même des gants noirs en crochet, ses doigts fins serrent le petit bouquet réglementaire et tous deux posent devant un fond de photographe arrangé dans le goût antique : colonnes doriques, horizon champêtre. Je les trouve beaux. J'ai envie de lui chiper sa photo.

Je ne me souviens pas d'avoir jamais vu la photo de mariage de mes parents. Ils devaient être fagotés à la mode des années 70, eux. Mon père avait-il déjà sa barbe en collier, ma mère ses jolis cheveux bouclés, ses yeux violets de

Liz Taylor ? J'imagine que oui. Si ça se trouve, ils devaient même avoir l'air heureux…

En 1989 – *l'année du bicentenaire*, précise Paulette, comme si ça apportait une touche dramatique –, André a succombé à un nouvel infarctus. Ça l'a pris dans le potager, il a crié, le temps qu'elle sorte il était par terre, le nez dans les patates. Tout était robuste chez lui, sauf le cœur. Les filles sont revenues de la ville, on a beaucoup pleuré. Mais après la veillée funèbre, Paulette s'est retrouvée seule, avec sa pension de réversion, ses lapins, ses poules et de gros rouleaux de foin dans la grange. Avec une vie à poursuivre, une vie qui boite, qui claudique, qui béquille. Parce que, comme elle dit, « la vie continue, qu'est-ce que vous voulez. »

Je sais, Paulette, la vie continue.

Oh, oui ! Vous ne savez pas à quel point je le sais…

Elle ne sait faire que ça, la vie, de toute façon. Elle roule toute seule comme un train fou. Parfois un wagon déraille, parfois quelqu'un saute du train et puis d'autres en dessous se font écraser, parfois on en a la nausée, tellement ça va vite on est projeté contre les vitres, on en a mal au cœur à se tuer, et ça n'en finit jamais, quand on passe les gares on ralentit à peine, le temps de lire le nom du patelin, et ça reprend.

Je voudrais bien, comme Paulette, me caler sur mon siège tranquillement pour attendre le grand déraillement final. Mais par les vitres de mon train, on aperçoit toujours la gare de départ. Je ne suis pas encore assez loin.

*

Les histoires des autres, c'est ma spécialité. Je voudrais les enregistrer, les collectionner, les surgeler, les archiver, les mettre dans des bocaux avec des étiquettes.

Ce dont j'ai besoin, c'est des histoires, dit le Molloy de Beckett. Moi, c'est pareil, et peu importe lesquelles. J'aime les vies monotones, ces petites vies de bouts de chandelles, aux épisodes qui s'enchaînent, marabout-de-ficelle. J'aime aussi celles qui cahotent, sans rime ni raison, les histoires décousues. Je les déroule en écheveau, les détricote, les remets en pelote. Je ne cherche pas à les interpréter. Donner un sens à l'existence, c'est l'obsession d'un monde où la psychologie a remplacé la religion.

La vie est absurde. La mienne, ni plus ni moins qu'une autre. Elle n'a pas de sens, mais se laisse écouter sans trop de déplaisir, comme dans les asiles ces vieilles personnes qui mâchonnent leurs anecdotes. Leurs bouches humides. Leurs yeux vitreux. *Qu'est-ce que tu as fait de ton porte-monnaie Mémé Je ne sais pas mais c'était en 47 ou bien en 46 enfin c'était après la guerre et ma belle-sœur m'avait fait des gants au crochet et je les ai perdus et j'ai jamais osé lui dire même à sa mort tu te rends compte.*

Ils font ça tout le temps, les vieux. Ils mâchonnent. Ils digèrent leur vie. Ils la ruminent, se la repassent en plusieurs fois, au ralenti, pour en tirer le meilleur. Leur cerveau est un estomac de vache. Si le verbe a pris un sens si négatif, c'est parce qu'on croit à tort que ruminer, c'est stagner.

Mais mâchonner sa vie, c'est un travail.

Ici, à la campagne, on rumine volontiers. On fait même ça à plusieurs, chacun y va de son anecdote. On ne se gêne pas pour saouler le voisin de son remâchis de vieilles histoires en voie de putréfaction. En revanche, pas question de faire ça tout seul dans son coin ! Ici, on craint les gens qui *s'écoutent*. Paulette me dit cela parfois d'un voisin qui néglige son potager ou d'une voisine qui ne sort plus de chez elle. De braves gens qui se préparent une gentille dépression des campagnes, et qu'elle juge sévèrement avec ces mots terribles : « Je trouve qu'ils s'écoutent *de trop*. » Pour elle, il faut aller, calme et fier, sourd à son corps. Souffrir, oui, pourquoi pas. Le dire, s'il le faut. Crier, si l'on veut. Mais continuer. Comme un sourd.

Puisqu'elle me voit debout tous les matins, tous les jours sur les routes, à pied ou en camionnette, soigner mes chiens ou mon jardin, que je ne l'étourdis pas de paroles, elle a cru renifler en moi celui qui ne *s'écoute* pas. Pas assez, en tout cas, pour que le chant de ma propre souffrance ait suffi à m'arrêter jusqu'ici. Voilà pourquoi j'ai sa sympathie.

Pourtant, je veux ruminer moi aussi des bouts de ma vie. Reprendre des morceaux mal digérés, ceux qui me sont restés en travers du gosier. Les mastiquer une nouvelle fois. Peut-être qu'il y a quelque chose à en tirer. Non pas des événements eux-mêmes – il n'y a rien de savoureux dans mon passé –, mais de ce travail-là. De cet effort.

C'est bovin, ce que je voudrais faire.

2. Chante, Rosa ! Chante !

The end is where we start from. (…)
We die with the dying :
See, they depart, and we go with them.
We are born with the dead :
See, they return, and bring us with them. [1]
T. S. Eliot, *Little Gidding*

Depuis que je suis dans la Sarthe, j'ai donc entrepris d'écrire une biographie. Drôle d'idée, quand on n'est ni historien ni écrivain.

Lorsque j'étais étudiant, j'ai commencé une thèse sur une philosophe, que j'ai abandonnée parce que j'avais l'impression curieuse que ma trop grande proximité avec elle rendait l'entreprise romanesque. Elle, c'était Simone Weil.

1. La fin est là d'où nous partons. (…) Nous mourons avec les mourants : voyez-les s'en aller et avec eux, nous-mêmes. Nous sommes nés avec les défunts : voyez-les revenir et avec eux, nous-mêmes. (trad. Pierre Leyris)

J'emmerdais tout le monde avec mon idole et ses exploits. Simone qui abandonne sa carrière de prof pour travailler à l'usine Renault ; Simone qui détecte les tyrans au berceau, récusant Staline, dénonçant Hitler et accusant Franco ; Simone la communiste pacifiste ; Simone qui aime le Christ mais refuse la religion ; Simone la résistante qui fait chier de Gaulle ; Simone la juive qui refusera de s'alimenter quand on l'empêchera, pour la sauver des camps, de rejoindre la France occupée… S'il y avait eu des posters d'elle, j'en aurais tapissé les murs. J'avais des engueulades homériques avec R., qui la traitait de *Jeanne d'Arc anorexique* et me soutenait qu'elle était antisémite. Ma fureur, à l'entendre, n'avait rien à voir avec la simple vexation qu'éprouverait un thésard dont on méconnaît l'objet d'étude. Le jour où j'ai compris que c'était moi que je défendais, que c'était de moi que je voulais parler, j'ai tout laissé tomber. *Nous oublions ordinairement qu'en somme, c'est toujours la première personne qui parle,* annonçait Thoreau.

Bien que j'aie renoncé à écrire sur Weil, je continue de sentir en moi une force venue tout droit de son intelligence. Comme on sentirait, du tissu mou de son cerveau, saillir un os, comme on verrait un poing tendu déchirer l'apathie du cœur.

Mais voilà qu'un an plus tard, la plume a recommencé à me démanger. Le démon de la biographie. Et comme par hasard, il a fallu que ce soit une femme encore qui me tende son miroir. Une femme qui peignait des vaches, s'habillait en homme et aimait les femmes…

Sur la table de la cuisine où j'écris, préférant manger debout devant l'évier, j'ai tout étalé. Mes brouillons, les livres, les photocopies des documents trouvés à la Bibliothèque nationale, les reproductions de ses tableaux, les notes que j'ai prises au château de By, où je suis allé voir son atelier… Tout est là ; je ne sais pas par où commencer.

Elle s'appelait Rosa Bonheur. Je l'ai rencontrée au Père-Lachaise.

D'abord, il me faut expliquer comment j'étais devenu, à Paris, un habitué des cimetières.

Dans cette capitale, pendant huit ans, je n'aurai été qu'un touriste égaré. Piéton farouche, le métro m'inspirait des envies ténébreuses. On s'y sent inutile, transparent, cadavre mobile parmi tant d'autres, qui n'aurait besoin que d'une pichenette pour expirer sur les rails une vie qui passe inaperçue. À la campagne, on occupe l'espace, tout vous regarde, conspire et chuchote. En ville, pour échapper au néant, il me fallait des arbres, des routes, des perspectives. Le quartier des Batignolles où je vivais, où *nous* vivions, avait un côté issue de secours qui me rassurait. Au dernier étage, notre petit appartement offrait la vue, sous le verre empoussiéré, d'un ciel de fin de zone urbaine, et de toits pentus où glissaient des pigeons.

Le square des Batignolles, en bas de chez nous, me flanquait des angoisses terribles. Tout y est faux, des barrières de ciment en style nouille aux *pas japonais* en pierre reconstituée, de la petite rivière artificielle aux vautours sculptés qui surplombent la pièce d'eau. Mais à son extrême pointe, des balançoires surplombent les rails. J'ai passé des heures là-bas, posté en sentinelle comme à la proue d'un navire, à regarder les wagons.

Pour assouvir mon besoin de nature non frelatée, restaient donc les cimetières.

Celui des Batignolles, petite forêt dorée, je m'y rendais en voisin, dire salut à Verlaine, à Cendrars, ramasser des marrons en automne, les mettre dans un pot de confiture que j'ouvrais pour en respirer l'odeur d'humus.

Mon favori était celui d'Auteuil, coin de terre abandonné, bout de ciel tombé. Une sorte d'île au milieu des immeubles, presque sans arbres, et qui se détache insensiblement du reste de Paris. Parfois, par beau temps, je le sentais flotter. On y trouve la tombe de Raoul Follereau, qui voua sa vie aux lépreux. À quinze ans déjà, ce chrétien révolutionnaire haranguait les foules en criant : *Personne n'a le droit d'être heureux tout seul !* J'étudiais alors la philosophie morale, c'était ma grande période éthique, j'en étais à me demander si je n'allais pas m'inscrire en théologie… Alors, j'allais consulter Raoul, je lui demandais conseil, comme à un copain. *C'est bien peu qu'être heureux et ce n'est rien que vivre, il faut aimer*. Il disait aussi ça, le Raoul. Est-ce grâce à lui que j'ai renoncé à la théologie ? Je sais seulement qu'en revenant du cimetière, les bruits de la ville m'assaillaient et j'en avais des élancements dans tous les membres. Formidable envie de courir, de baiser et de vivre.

Le premier novembre, date qu'attend ma mère à Strasbourg pour porter à mon frère ses chrysanthèmes, je guettais l'ouverture des portes du cimetière du Calvaire, à Montmartre. Fermé le reste de l'année, invisitable, classé monument historique : ce secret en fait une sorte de tombe à ciel ouvert prête à se refermer sur vous. Au cœur de l'hiver, c'était au cimetière de Charonne qu'il fallait aller, surtout si par chance il venait de neiger : avec son église et ses érables, c'est un petit bout de village français. C'est là-bas qu'on trouve les Fédérés fusillés sous la Commune, peu honorés par les touristes. Le lieu idéal pour méditer sur le sens de l'Histoire… et se laisser envahir par la nostalgie des campagnes, mal chronique du provincial.

Le Père-Lachaise, insupportable en période de pointe avec ses airs de musée, redevenait fréquentable en hiver. Ce ne sont pas tant les arbres qui font son charme que son parcours labyrinthique, ses quartiers mal famés, sa petite vie de nécropole. Comme un nouveau venu dans un village, j'ai d'abord dû trouver mes repères, puis j'ai commencé à m'intéresser aux gens. Pas aux passants, aux habitants.

Et c'est là que j'ai fait la connaissance de Rosa Bonheur.

Sa tombe n'a rien de particulièrement remarquable. Un gros caisson de pierre, haut comme un lit à baldaquin, gravé à son nom, mais encadré bizarrement de deux autres noms de femmes : Nathalie Micas et Anna Klupke. Il est orné d'une palme qui rappelle qu'elle a été la première femme artiste officier de la Légion d'honneur. Ce n'est pas rien, tout de même. Au pied de cette tombe, des femmes viennent parfois poser des fleurs. Discret mais constant, cet hommage m'a intrigué. Qu'avait-elle donc fait pour que des femmes se souviennent d'elle, cent ans après sa mort, et l'honorent de manière si secrète ?

Elle a osé être elle-même.

Cent ans plus tard, ça paraît encore impossible : avoir le succès, l'argent, la popularité et une totale liberté d'aimer, sans aucun scandale. Elle se payait même le luxe d'avoir mauvais goût. Ses tableaux, appréciés de riches collectionneurs américains, n'ont pas révolutionné l'histoire de l'art. Elle détenait, comble du kitsch, deux lions en liberté dans sa propriété. Après l'avoir rencontrée au Père-Lachaise, je suis allé lui rendre une visite de politesse au musée d'Orsay. On y voit ses vaches charolaises plus vraies que nature, ses études de chevaux, ses moutons qui vont par paquets de vingt, ses chèvres sur gazon, ses dessins de lions et de chiens.

C'est d'une modestie effarante.

Son art est une obstination. Une volonté évidente d'exactitude et, en même temps, une absence totale de vision d'ensemble. Les humains, elle s'en contrefout. Elle s'entête à saisir des bêtes, on sent bien que ce qui compte, ce n'est pas la race, l'espèce, la provenance. Elle ne fait ni dans le campagnard franchouillard, comme on le lui a reproché, ni dans l'exotisme de pacotille, cher à son époque. Elle fait dans le vide. Voilà pourquoi ses dessins sont saisissants : elle ne se donne même plus le soin d'esquisser des décors. On est dans le brouillard, dans le rien. Son monde, c'est la bête.

Ses toiles au musée d'Orsay me faisaient un peu grincer des dents, parce qu'on m'avait appris à la fac et, plus tard, à l'école du Louvre, à avoir *du goût*. J'en suis revenu, depuis.

En art comme en amour, il faut avoir le courage de ses sentiments. Nul n'est tenu d'aimer *comme il faut*.

La peinture de Rosa Bonheur, c'est l'illustration même de ce principe. C'est une peinture de mauvais goût ? Soit. Elle est d'une piètre artiste, d'une mauvaise coloriste ? Très bien. Elle sent un peu sous les bras, elle pue l'effort ? C'est vrai. Elle est la preuve d'un talent, pas la marque d'un génie.

Chez elle, pas de prétention au Grand Œuvre, pas d'élan vers l'immortalité. Ses palmes de la Légion d'honneur, elle les a gagnées comme on gagne la médaille du Concours agricole : pas à l'esbroufe, mais au mérite. Voilà. C'est une artiste *méritante.* Je crois que c'est ce que j'ai aimé, chez elle, d'emblée. Ce côté humble. Bien sûr, elle a été couverte de prix, elle a connu le succès. Mais je suis sûr qu'au fond elle n'en tirait aucune vanité, juste quelques privilèges. Comme une vache de comice qui repart avec son flot autour du cou : c'est bien agréable, toutes ces caresses, mais il lui tarde de regagner son pré. Elle échappe à l'abattoir, ce n'est déjà pas si mal.

Ce n'est qu'après avoir vu ses œuvres que j'ai commencé à m'intéresser à la femme qu'elle était. Au musée d'Orsay, j'ai vu d'elle un petit dessin à la mine de plomb : le portrait de Nathalie Micas. C'était un joli portrait, un peu trop sage, un peu grave, l'un des rares visages humains qu'elle aura dessinés.

Nathalie, ai-je appris plus tard, fut le grand amour de Rosa. Peintre comme elle, mais discrète et fragile, elle a vécu dans son sillage, comme un moineau sur le dos d'une jument, pendant trente ans. Elles étaient adolescentes quand elles se sont connues. C'est un parcours de femmes, sans scandale, sans bruit, où l'amour se devine mais ne se donne pas à voir. Il y en a eu beaucoup de ceux-là, sur lesquels la société a fermé les yeux. J'ignore pourquoi l'amour d'une femme pour une femme passe aussi facilement pour de l'amitié.

Toutes sortes de contes couraient au sujet de Nathalie Micas. On prétendait que, issue d'une famille plus fortunée, elle avait réglé toutes les dettes de la famille Bonheur, qui fut un clan assez bohème. Et qu'en échange, Rosa avait accepté la présence de ce petit bout de fille souffreteuse auprès d'elle. Trente ans de vie commune pour remercier une vague copine d'avoir apuré vos comptes : c'est cher payé, pour une artiste qui, en vendant deux tableaux, pouvait s'offrir un château !

Après la mort de Nathalie, Rosa a eu une autre amie, Anna Klumpke, une Américaine qui est devenue sa légataire universelle et qu'elle nommait publiquement *ma femme*... Elle qui peignait les vaches comme des vaches, elle appelait un chat un chat. Mais dans bon nombre d'articles que j'ai pu lire sur elle, on s'en tient à cette version *soft :* avec les deux femmes de sa vie, pendant rien moins que soixante ans, Rosa aurait eu une relation exclusivement « chaste ». Quel sale mot ! Quel triste mot ! Personnellement, je la trouve inacceptable, la chasteté. Elle me dégoûte. Surtout celle qui se choisit, mais celle qu'on subit ne vaut guère mieux. J'ai eu envie de voir ce qu'on mettait dessous, envie de soulever le voile.

Je poursuis l'enquête, depuis deux ans bientôt.

En attendant les conclusions, j'ai d'ores et déjà compris une chose, c'est que l'art est un masque.

C'est le masque qui rend acceptable, tolérable, visible, appréciable même peut-être, pour la société, une singularité qui normalement, vous condamne à en être rejeté.

Grâce à sa peinture, Rosa aura gagné sa place au musée et au Père-Lachaise. Elle a produit un art aujourd'hui oublié, un peu trop lisse, un peu trop joli. Un art qui ne dérange pas.

Car la société craint d'être dérangée. Ce n'est pas tant qu'elle aime l'ordre, non : l'ordre demande trop d'efforts. Elle aime la tranquillité. Voilà le secret. La société est un chœur. Certains sont heureux dans l'unisson, d'autres chantent en canon, d'autres ont leur petite chanson. On peut chanter faux, on peut chanter mal, on peut chanter à contretemps. On *dérange* seulement quand on chante trop fort. Elle a chanté, Rosa, j'aimerais pouvoir dire comment, je voudrais expliquer ça dans mon livre, faire écouter sa chanson à elle, sa petite chanson obstinée et discrète.

Tant que ça ne dérange pas, formule magique du peuple, sésame des campagnes, où l'on détourne son regard de ce qu'on ne veut pas voir, dans un geste qu'on prend pour du mépris mais qui n'est souvent que de la pudeur. *Tant que ça ne dérange pas* : c'est le genre de choses que ma voisine pourrait dire. Pour elle, je porte le même voile que Rosa. Elle n'ose rien me demander, de toute la vie qu'elle soupçonne et qui doit grouiller si l'on soulève la pierre que je suis. Elle ne fera jamais ni sous-entendus ni commentaires. Je ne sais pas si ça me gêne, si ça m'amuse, si je le regrette. Je suis tranquille.

C'est peut-être un peu lâche.

Elle devait connaître ce genre de sentiment, Rosa, quand elle peignait. En vivant la vie qu'elle voulait, elle ne se battait que pour elle. Je doute qu'elle ait voulu être un exemple, un porte-drapeau. Si un jour, la *Guy pride* passait par le Père-Lachaise, je ferais barrage de mon corps.

Je n'ai pas l'esprit de communauté.

J'aimerais bien, parfois. Comme ça doit être bon, comme ça doit tenir chaud, la solidarité… Comme ça doit rassurer ! Mais les notions de fraternité et de ressemblance sont mortes en moi à jamais.

Et puis, je n'aime pas les définitions. Les termes trop précis qui me caractériseraient, j'ai toujours refusé de les employer. Ainsi, j'ai banni de mon vocabulaire les mots qui ont longtemps servi à m'étiqueter : des mots médicaux, des mots sociaux. J'ai rejeté ce nom de névrose triste à crever, qui prétend résumer l'ensemble des sentiments complexes qui me plongent régulièrement dans un puits de souffrance. Pendant un an, à l'adolescence, j'ai presque cessé de m'alimenter, j'ai encore aujourd'hui un rapport *compliqué* avec la nourriture, comme on dit. Ma seule thérapie aura été l'amour. Mais sur cela aussi, à quoi bon poser une étiquette ? Je mets un point d'honneur à ne jamais employer le mot qui permettrait de désigner ce qu'on appelle, comme si c'était une science exacte, mon orientation sexuelle. On me l'a reproché. On m'a dit : « Tu n'assumes pas. » Foutaises ! C'est une singularité comme une autre : je ne me souviens pas de l'avoir choisie, alors que veut-on que je revendique ? Je peux bien le reconnaître, et tant qu'on voudra, si l'on admet en retour que ce n'est pas cela qui fait de moi ce que je suis, qui fait de mon amour ce qu'il est.

*

Aujourd'hui, c'est le jour des cochons.

Tous les vendredis, un camion transportant des cochons s'arrête sur la départementale, à cinq cents mètres de ma maison, sur une aire de repos. Un gros Scania, avec deux remorques bleues, des ouvertures grillagées sur les côtés, d'où l'on aperçoit les oreilles grises des bêtes, parfois leur groin. Ils vont à l'abattoir. Tous les vendredis, la bétaillère s'arrête là, avant de reprendre la route du Mans. C'est sûrement leur dernier arrêt avant l'usine. Ils en reviendront dans un autre camion, déguisés en rillettes.

Parfois, j'imagine qu'ils sont en vacances, qu'ils partent en week-end à la mer et qu'au retour, ils auront bronzé. Parfois aussi, je me mets dans la peau du type qui les conduit. Sur le bord de la nationale, il fait sa pause, pisse contre un arbre, fume une clope. Et les cochons effarés le regardent. Alors il remonte dans le camion. Il remet le contact, le moteur tourne, et les cochons se remettent à brailler. Quand il roule, il les entend encore… Sur une ligne droite à 80 km/h, ça doit couvrir le bruit du moteur. Alors, pour ne pas entendre le chant prophétique de leur future agonie, il allume son radiocassette et passe à fond un vieux Pink Floyd. Au bout de onze minutes planantes, il a envie de vomir et les cochons se sont tus. Quand il va rouvrir le van, il constate qu'ils se sont tous suicidés.

Sans même laisser un mot d'adieu.

Rosa Bonheur passait des journées entières aux abattoirs de la Villette. Souvent, sur les chemins poussiéreux des abords de Paris, revenant de ses séances de dessin en pleine nature, elle croisait les troupeaux qu'on amenait alors à pied à leur dernière demeure. Elle s'arrêtait sur le bord de la route et contemplait leur marche lente, où dans un ultime effort travaillaient leurs muscles, leur sang, leur cœur. Bientôt, elle le savait, il n'y aurait plus que viande.

Comment peut-on aimer les bêtes au point de les suivre jusque dans ce dernier voyage ? Comment supporter de voir s'accomplir sous ses yeux le travail de l'équarrissage, de la boucherie ? On le peut, et même on le doit, quand on est honnête. Elle était honnête, Rosa. Elle allait jusqu'au bout. Jusqu'au bout de l'amour, là où tombe l'illusion, sous le couteau. Voir, voir, voir jusqu'à la limite, et voir encore, car c'est un incessant recommencement. Accompagner une vache, passe encore, mais les accompagner toutes, semaine après semaine, accepter ce massacre sans fin… Cela allait beaucoup plus loin que le seul travail de l'artiste qui veut savoir *comment c'est fait, dessous*. Accepter de reconnaître qu'on ne vit pas sans tuer, c'est accepter d'être pleinement humain.

Alors moi, j'écoute les cochons passer. Et tous les vendredis, sans bouger de la table où j'écris, je ferme les yeux et je pense à eux.

*

Une colonie de freux s'est abattue sur les champs. Oh, leurs cris, à la tombée de la nuit ! Leur piste d'envol est sous ma fenêtre, je les vois décoller lentement, comme des avions de papier noir. Ils accompagnent de leur trompette sinistre le grand concert donné chaque soir par ma maison.

C'est d'abord mon frigo qui donne le rythme. Vibrato électrique, qui va bourdonnant, *allegro moderato*, et parfois freine pour laisser fondre un iceberg dans le congélateur, alors ça poursuit *andante*, et puis il se secoue et ça reprend *marcato*. Le compteur EDF a aussi sa petite respiration, il claque quand on passe en consommation de nuit, coup de cymbale très wagnérien. J'aime entendre ce coup de gong qui vient dire « Il est tard, dormez bonnes gens », même si je ne me couche pas, l'idée que les poules et ma voisine dorment déjà me réjouit, comme un enfant qui se fait une fête de rester éveillé après les grands.

C'est mon concert familier et privé. Lui seul me permet d'écrire, de réfléchir. Supporter d'entendre sa propre pensée demande un courage que je n'avais pas il y a encore quelques années. Je préférais me taire et m'oublier dans la musique.

J'ai le souvenir d'une époque assez drôle et bruyante, sûrement ma vie avec mon frère.

Et puis, après sa mort, plus rien.

Le silence. Mais pas le faux silence d'ici, tout tissé de sons, bienveillant et vivant. C'était un silence noir. Quelque chose comme l'ombre des mots. L'absence de paroles, qu'est-ce que c'est ? L'aphasie, je crois. L'aphasie des sentiments. Les grandes douleurs sont muettes, comme ont dit. Et elles ont tort. *À voir ce que l'on fut sur terre et ce qu'on laisse, / Seul le silence est grand, tout le reste est faiblesse,* écrivait Alfred de Vigny. Merci, Alfred. Mais ta philosophie, c'est celle de l'âge mûr. Quitter la vie quand elle est passée, fanée, qu'elle a perdu son goût de fruit, qu'elle n'est plus qu'un vieux chewing-gum sans saveur mille fois remâché, le cracher dans un coin et ne rien regretter. Soit.

Mais quand on quitte la vie à dix ans ! À ceux qui restent, oser affirmer que *seul le silence est grand ?*

Seule la douleur est grande.

Impossible à taire. On ne devrait même pas essayer.

De mon jumeau, j'ai pourtant pris l'habitude de ne plus parler. On s'accommode de tout, même de respirer derrière un bâillon. On n'étouffe jamais autant qu'on le craindrait. On respire d'une petite vie, par petits à-coups, souffle au cœur, asthme. On y arrive. Il ne faudrait pas. Non seulement on s'étiole, mais on se cache, on se ment. Pour bien faire, il faudrait déchirer le bâillon, crier, se dépouiller, se démasquer, s'écorcher, s'arracher les vêtements et la peau, laisser voir ce qui palpite dedans, ce qui grouille et ce qui se tord. Mais après… Donner sa souffrance en pâture, est-ce cela guérir ? Sans doute pas. Alors quoi ?

Alors rien. Il n'y a pas de guérison.

Une froideur de glace se posant sur toute chose, voilà ce que j'éprouve dans mes souvenirs. Et moi dessous, le feu couvant.

Si j'étais peintre, je saurais bien me représenter. La gorge maigre et étranglée avec une pomme d'Adam grosse comme le poing et par-dessus tout ça, une tête aux yeux de chat malade du coryza, les paupières cousues de pus. Le cri jamais poussé, obstruant les bronches. Les larmes jamais coulées, engorgeant les canaux lacrymaux. Dans mon idée, ce serait plus proche de Francis Bacon que de Rosa Bonheur, c'est sûr. Et je reconnais que ce ne serait pas bien joli, comme autoportrait. Surtout si, en toile de fond, j'y peignais la scène à laquelle j'ai assisté, le jour où mes dix ans sont morts.

Mais à quoi bon montrer cela ? On craint de choquer, on ne fait que s'exposer à l'indifférence. Me vider les tripes pour m'entendre dire : c'est sale, ça pue, c'est du réchauffé, c'est pas frais, ça me rappelle quelqu'un qui a souffert avant vous, qui souffre plus que vous, remballez-moi tout ça ! Alors, la souffrance, je la remets dans ma culotte avec mon mouchoir par-dessus.

*

Ce matin, je faisais ma vaisselle du week-end, trois casseroles, deux assiettes, quelques verres et mon bol préféré pour le café. Tout était calme, j'avais le cœur vide et serein. D'une main humide, j'ai attrapé mon petit poste de radio pour écouter les infos. J'ai bien pensé qu'il risquait de glisser dans l'eau et de m'électrocuter. Drôle de fin, pour un bordélique comme moi, que de crever en faisant la vaisselle… Je ne m'attendais pas à un autre genre de surprise. Au lieu de la voix neutre que j'attendais et de sa litanie quotidienne des ravages du monde, c'est la voix de Mouloudji qui est sortie du poste.

J'ai été si surpris que j'en ai lâché mon bol dans l'évier.

Je ne crois plus en rien, que veux-tu que j'espère ?

J'ai ce que je mérite et je devrais me taire…

C'était un beau bol, faïence années 20, petits carreaux jaunes, manufacture de Sarreguemines. Maintenant, il est ébréché. Dommage.

Oublier le parfum et la soie des chimères,

La ronde continue mais je ne puis m'y faire…

Oui, dommage. J'étais bien parti pour me mettre au travail. Aujourd'hui, je voulais écrire sur Rosa, mais je sens que c'est foutu. Je n'ai plus la force. La faute à Mouloudji, la faute à la chanson – la faute à moi aussi, sans doute, qui ne sais pas oublier…

Fantôme de bonheur, c'est du Mouloudji pur jus, acide et sucré comme un citron, comme un coup de couteau sanglant. C'est la chanson de ma vie, je crois bien. Surtout depuis que je suis ici. Depuis que j'ai fait… ce que j'ai fait.

Cette chanson, je la fredonne parfois, mais je n'écoute plus le disque. Il a fallu que la radio, par un de ces hasards qui paraissent orchestrés d'en haut, me remette dans le cœur son rythme haletant, ses trompettes mariachis, son entrain sinistre.

La chanson réaliste a quelque chose de morbide, un excès tragique qui est aux antipodes de l'ironie contemporaine. Maintenant on ne gueule plus, on grince, on ricane, on se poile en douce. Dans les vieilles rengaines, on se mourait d'amour, on s'entre-tuait au couteau, on crevait de faim, tout cela sans aucune discrétion, en traînant sur chaque mot ou en braillant comme un veau qu'on égorge. Grâce à ma mère, j'ai toujours écouté de ces refrains démodés. Auprès de mes copains de fac, je passais pour un ringard. Je mélangeais les styles, les époques, j'étais un juke-box à vieilleries. Peu à peu, mon goût s'est affiné, en même temps que s'affirmait mon besoin de chanter, impensable à l'adolescence.

J'ai commencé sous la douche, comme tout le monde. Quand j'étais un peu bourré dans des soirées, je faisais marrer nos amis en chantant du Brel, qui passe à tort pour un chanteur sinistre. Son humour délirant et féroce est ce que je connais de plus réjouissant. Ensuite, je n'hésitais plus : c'était *Padam-padam* dans la rue, dans le métro *Où sont tous mes amants*, à la fac *Moi je m'ennuie*. Je réservais aux circonstances particulières les chefs-d'œuvre parisiens : *La guinguette a fermé ses volets, La chanson des fortifs, La goualante du pauvre Jean*. Damia, Fréhel, Édith Piaf : mes vedettes étaient toujours des femmes. Ça me gênait un peu, allez savoir pourquoi : mon côté macho, sans doute, sorte de ver dans le fruit de l'homme. Enfin, Mouloudji vint. Décomplexé, j'ai découvert qu'un homme aussi, ça peut *goualer*.

Quand je le saoulais de chansons vieillottes, R. me donnait de ces prénoms qui fleurent bon les années 30 : Ferdinand, Léon, Raoul… « Petit Marcel » demeure mon surnom officiel.

La dernière fois que j'ai chanté du Mouloudji, c'était avec ma mère. J'aidais mon père à tailler la haie de leur jardin, à Strasbourg. Du haut de son escabeau, je voyais les jardins voisins qui furent pendant huit ans étendus sous mes mornes yeux d'adolescent. Petits lopins sans intérêt, balançoires, toboggans, potagers, chaises longues, piscines gonflables. Devant cette ritournelle des jours pareils, ce manège des dimanches en lotissement, je me suis mis à chantonner. La mélodie sortait toute seule comme venue des profondeurs, je l'ai sifflée un bon moment, tout en continuant à manier le sécateur. Et puis tout à coup, avec cette force des chansons qu'on connaît par cœur, le refrain a crevé à l'air libre :

Elle était putaiiiiiin, à Chaussée-d'Antin,

Et dans les rues z'avoisinantes...

Mon père ramassait les déchets de coupe à mes pieds. Il a levé la tête vers moi et sobrement a lâché : « Oh ! »

J'imaginais déjà les têtes de leurs voisins, sortant des trous de taupe, tendant l'oreille par-dessus le vrombissement des tondeuses pour m'écouter brailler des insanités, juché sur une échelle. C'est alors que ma mère s'est mise à chanter avec moi. Elle avait reconnu la chanson, elle passe son temps à écouter Radio Nostalgie. On a chanté tous les deux. C'était bon. Elle a une voix jeune, ma mère. C'est un peu la seule chose jeune, chez elle... La seule chose encore un peu gaie, encore vivante. Son cœur, je le vois comme un pinson dans une cage de tristesse. Parfois il chante et on n'en revient pas : comment de ce petit corps terne, aux plumes discrètes, peut sortir un cri si joyeux ?

*

Lorsque je vais voir mes parents, c'est en train. Le long de cet interminable voyage, Le Mans-Paris-Strasbourg, je regarde le paysage défiler, les maisons qui disparaissent, les vaches qui s'effacent, les champs étirés, les usines et les tours, les nuages qui courent. Mon visage se creuse de l'intérieur, sans larmes mais comme privé d'os, je suis une méduse sur un fauteuil de seconde classe, tout s'effondre en silence et je ne pense à rien d'autre qu'à cette phrase de Simone Weil : « *La vérité est du côté de la mort.* » Aller vers eux, c'est aller vers la vérité.

Il y a dix ans que je les ai quittés.

Il y a dix-huit ans qu'Éric est mort.

Pourtant, là-bas, le temps ne compte pas. Le temps, c'est une boucle de cheveux, c'est un motif de papier peint répété dans tous les coins, c'est un serpentin de carnaval, c'est une roue de bicyclette dans le garage.

Je me souviens de mes vacances chez eux, il y a quelques années. Je revenais d'Italie où j'avais passé un mois avec R., été ivre et brûlant comme une cuite en plein soleil. J'ai aussitôt dessoûlé. Au bout de deux jours de pénitence, comme je m'étonnais de voir disparaître mon père pour plusieurs heures dans son garage et comme je m'ennuyais avec la même constance, j'ai eu envie de voir ce qu'il fabriquait. Le garage de mon père, c'est un endroit où je n'ai presque jamais mis les pieds. On aurait sans doute adoré y jouer avec mon frère, mais il n'y en avait pas quand on était petits, on habitait un appartement. Mes parents ont déménagé après l'accident.

Quand j'ai annoncé que je viendrais l'aider à bricoler, mon père n'a rien dit. Ce n'est pas un bavard, il paraît que je tiens de lui. Mon grand-père, le fascinant Pépé Mouron, était une créature monolithique qui ne connaissait que deux expressions : l'ennui et l'indifférence. Il inspirait autant de tendresse qu'une statue de l'île de Pâques. Je me rattache à une longue lignée granitique, dont je compte bien être le dernier maillon.

Ma mère venait de sortir, je n'avais plus l'obligation de lui tenir compagnie. Quand j'ai rejoint mon père au garage, il a sursauté comme s'il était en train de faire une connerie, ou bien le genre de choses qu'un homme peut faire quand il est seul. Sur son établi, il y avait un grand cahier, qu'il a refermé d'un coup et un instant, j'ai pensé qu'il cachait dedans une revue porno. Après tout, chacun ses petites joies. Je n'ai rien demandé, je n'ai rien dit. J'ai souri, je me suis avancé ; maintenant que j'étais là, il aurait été encore plus gênant pour lui que je disparaisse comme j'étais venu.

L'établi était couvert de petits mécanismes, des ressorts, un pédalier de vélo, des roulements à billes. Un bric-à-brac bizarre qui n'avait rien à voir avec la voiture.

Il s'est forcé à sourire à son tour. Il m'a demandé : « Tu viens voir ce que je fais ? » Il n'était pas contrarié, ça avait plutôt l'air de lui faire plaisir.

Il a commencé à assembler les petites pièces qui traînaient sur l'établi. Une courroie par-ci, une vis par-là, une rondelle entre les deux… Je le regardais faire. Je ne savais pas à quoi m'attendre, mais j'étais certain que ça finirait par ressembler à quelque chose sur quoi je pourrais bientôt mettre un nom. Mais quand ça a été fini, je ne savais toujours pas ce que c'était, et je n'osais pas le lui demander, de peur de le vexer. Une forme d'inquiétude subtile et irrationnelle commençait à me tordre les intestins. C'est une émotion fréquente quand je suis chez eux. Quand j'en repars, je suis vidé, les boyaux retournés.

Mon père a commenté, sans lever la tête, ce qu'il était en train d'achever sous mes yeux.

– Ta mère appelle ça mes *machines à rien faire*. Elle se fiche de moi. Mais moi, j'aime bien, ça me repose.

Il a actionné un levier sur une machine fixée au mur, que je n'avais pas remarquée en entrant. Celle-là avait un petit moteur électrique et toute son énergie semblait tendue vers un seul but, qui était de produire un tremblement bruyant, un peu comme le ronron d'un chat. C'était drôle. Maintenant que je l'écris, je m'en rends compte. J'en ai vu beaucoup d'autres, de ses machines, elles m'amusent de plus en plus. Elles sont comiques, c'est peut-être là leur fonction.

Mais sur le coup, je n'arrivais pas à atteindre ce haut degré de sagesse qu'est le rire.

Je continuais à fixer la machine en cours de réalisation, qui attendait encore je ne sais quel rouage avant de commencer sa vie inutile. Mon père a pris son cahier, un gros cahier rouge, un peu comme ceux sur lesquels j'écris, avec des petits carreaux.

– Là-dessus, je fais des plans, tu vois…

Il a tourné les pages, qui ne cachaient aucun *Playboy*.

Des dessins, des schémas, des notes au crayon, de sa petite écriture grise, son écriture de comptable qui m'a toujours paru soignée et complexe, avec sa signature impossible à imiter qui faisait mon désespoir au collège.

Et puis, sur la dernière page, je veux dire à l'intérieur de la couverture du cahier, collée sur le carton, il y avait une photo. Une photo de vacances, prise par mon oncle. Le dernier été.

Je ne peux pas la décrire. À cet instant-là non plus, je n'ai pas osé la regarder franchement. Il a vu mon regard glisser et c'est là qu'il a eu un geste très beau. Il n'a pas refermé le cahier. Il n'a rien dit. Il a seulement passé sa main très doucement sur la photo… Comme pour me la cacher. Ou la caresser.

Je voudrais bien écrire que nous sommes tombés dans les bras l'un de l'autre, que nous avons pleuré. Comme dans les films américains, il m'aurait dit quelque chose de tendre et de sécurisant, et moi je me serais laissé aller sur son épaule : Papa je t'aime, pourquoi est-on si malheureux, pour rien fiston, c'est pas la faute à Dieu, c'est la vie, la chienne de vie, quand tu seras grand tu comprendras, tu seras un homme mon fils et puis tout ça. Mais ce serait de la triche. Du chiqué.

J'aurais bien voulu, pour une fois, le serrer dans mes bras. Lui ne le fait plus depuis que je l'ai dépassé en taille, ce qui fait déjà un bout de temps. Et moi, je n'ose pas. C'est devenu un geste tabou. Prendre son père dans ses bras… J'imagine qu'aucun garçon ne fait ça, aucun garçon né d'un père comme le mien, en tout cas. Alors je me tais et j'ai mal en silence à côté de lui, avec le regret de tous ces gestes qu'on ne fera jamais, des pleurs jamais versés, ces fantômes de sentiments, vaporeux, évanouis, avortés, qui restent entre nous et qui nous étouffent. Et il le sent, il doit le sentir, parce que quand même c'est bien lui, mon père, qui m'a élevé comme ça. C'est lui qui m'a appris à faire comme le chien : lécher sa blessure sans gémir jusqu'à ce qu'elle cicatrise.

Alors on est restés là sans rien dire.

Et la photo dans le cahier nous regardait comme un œil ouvert dans la tombe.

Chez moi, j'ai deux *machines absurdes* de mon père.

L'une d'elles, je la vois de ma table en ce moment. Elle décore étrangement mon salon, fixée contre un mur. Elle est constituée, comme toutes les autres, de rouages mus par un pédalier de vélo. Ils font tourner des lamelles de volets. Si l'on actionne la pédale, ornée d'un gland de rideau, ça produit de l'air. Ce n'est pourtant pas un ventilateur. Ce n'est pas non plus une œuvre d'art.

L'autre est dans ma boutique à La Flèche. Les clients la regardent, elle est pendue derrière le comptoir comme un coucou suisse. Elle fait d'ailleurs un bruit d'horloge, mais ne donne pas l'heure. Malgré toutes les remarques de ma mère, et bien que ça ne lui poserait aucun problème, mon père se refuse à intégrer quoi que ce soit d'utile à ses machines. Elles sont pures de toute fonction. Libérées des obligations.

Elles sont vaines, absolument vaines. Elles font plus que de ne rien faire, comme dit ma mère : elles font du *rien*.

*

Partir aux oiseaux.

C'est une expression qu'avait Rosa Bonheur, pour décrire le mouvement de fuite qui lui a fait quitter, à l'âge de 37 ans, la capitale et les mondanités imposées par le succès. Sa maison parisienne abritait déjà deux chiens, un singe, deux chevaux, une vache et un bœuf, une chèvre et un mouton. Et des oiseaux. Des tas d'oiseaux, dans des cages qu'elle voulait ouvrir. Alors un jour, loin des curieux qui venaient la voir peindre comme on va au spectacle, elle a quitté Paris. Elle voulait pouvoir, dans le petit matin, sortir dans la rosée et *s'en aller aux oiseaux…*

Il y a dix-huit mois que j'ai fait ce choix, eh bien, je peux le dire maintenant : c'est drôlement dur, de partir aux oiseaux.

De nos jours, il faut beaucoup de soin pour redevenir sauvage. Il faut oublier ce qu'on nous a dit, défaire le travail de deuil de l'adolescence, désapprendre le langage des villes. Redevenir sauvage, c'est redevenir enfant. Il y a des habitudes à perdre. La pudeur, la conscience de son apparence, le sens de la mesure et de la décence : voilà contre quoi il faut lutter d'abord.

Maintenant, j'arrive à faire ce dont je rêvais quand j'étais gosse. Me baigner dans les rivières, par exemple. La baignade en rivière, c'est une frénésie sublime, une sauvagerie permise, une fête, un plaisir fulgurant et viril dont je ne me lasse pas. Fût-elle bordée de saules aux racines couvertes de pneus de camions, comme dans le coin que j'ai repéré au bord du Loir…

Comme un môme à qui l'on n'interdit plus rien, je mange le cresson des clairières, les pissenlits, les petites feuilles des noisetiers d'un vert de pomme pas mûre. Je suce la glace qui pend aux gouttières en hiver, celle qui a un goût de métal et de mine de crayon. En été, je sors sous la pluie pour me bourrer les poumons de l'odeur du terreau humide. J'en veux à la ville de m'avoir privé tant d'années de cette jouissance animale qui me fait monter le feu aux joues. Dans ces moments-là, j'oublie mon âge, le passé s'abolit, j'ai cinq ans et demi et une petite trique toute innocente, je ne veux rien, je suis heureux autant qu'un chien peut l'être.

Suivre mon instinct de bête et ne plus en rougir, je peux le faire maintenant. J'ai du temps, de l'air libre et peu de témoins. Suivre les flux et reflux de mon désir, qui est chez moi une chose liquide, lampante comme le pétrole. Avoir le droit d'être tout entier un corps qui veut. Un volcan en éruption, une sorte d'érection ambulante, brûlante, en quête d'apaisement… Et puis, ne même plus y songer. Me faire chaste comme un vieux chat. Me changer en terre, devenir l'air. Lourd ou léger, mais sans passion. Me détacher, sans que personne n'y trouve à redire. M'envoler, cesser d'appartenir… Me dégager.

Il me semble que je n'ai fait que ça, depuis dix ans. Je ne sais faire que ça.

Me dépouiller.

L'argent n'a été utile dans ma vie qu'à deux choses : mes études et ma maison. À partir de maintenant, je voudrais m'en passer. Quand il m'arrive d'en avoir, je le claque. Je me prends une murge au bistrot, par exemple, ce qui est, je l'admets, la façon la plus absurde de dépenser. Quand l'argent ne rentre plus, comme on dit, je passe en mode survie. Je ne consomme plus. Socialement, le manque de moyens et de vagues convictions politiques me servent d'alibi, mais au fond je crois que je suis avare. Il vaut mieux prétendre qu'on milite pour la Décroissance, plutôt que de passer pour un rat.

Depuis des années, je ne m'habille que dans les friperies, je fais mon marché à l'heure où les maraîchers jettent les légumes abîmés ; ici, je glane les patates et je pars grappiller les fruits tombés. De ma voisine, qui a toujours vécu chichement de son lopin de terre avec le regretté André, j'ai appris quelques trucs qu'on ne dit même pas dans les meetings écologistes. Je maîtrise maintenant les emplâtres au chou, les compresses de plantain, les décoctions de sauge, les soupes d'ortie.

Du peu que j'achète, je ne gâche rien. Tout est récupéré, détourné, réemployé ou brûlé. Il doit y avoir là-dedans quelque chose de maniaque, de morbide peut-être. J'ai l'obsession que tout resserve. Encore une fois, je ne *crée* pas, je recycle.

Je fabrique mon vinaigre, avec du vin trop acide ou qui sent le bouchon, dans lequel je laisse mariner ce gros champignon flasque que Paulette m'a donné et qu'on appelle une *mère*… Quand je reste chez moi les dimanches d'hiver, je me prépare le matin une grosse quantité de café que je laisse ensuite toute la journée sur le poêle, dans une cafetière en fer-blanc. Ça m'évite d'en refaire, il est toujours prêt. Si je m'enrhume, une décoction de thym voisine alors avec la cafetière et exhale pendant des heures son parfum entêtant.

Quand R. vient me voir, il s'empresse de balancer toutes mes mixtures dans l'évier. Réflexe bien parisien, assorti d'onomatopées de dégoût. Heureusement qu'il n'a jamais frôlé le seau où fermente mon purin d'ortie…

Il consomme, lui. Il sait gâcher, il n'a pas peur de gaspiller. Pour lui, condamner les pesticides, les OGM et l'élevage intensif au point de me passer de manger si je n'ai pas la preuve que c'est *fermier* ou *bio*, tout en continuant à fumer des blondes américaines, c'est un paradoxe. Trier mes modestes déchets puis, afin de les recycler dans les règles de l'art, faire des kilomètres avec ma guimbarde qui tousse son monoxyde de carbone, c'est tout simplement de la connerie.

Point de vue de flemmard, politique du moindre effort, raisonnement par l'absurde ! Je riposte, très vite furieux. Lui seul sait me mettre en rogne à ce point, parce qu'il sait exactement où taper. Il a ses arguments, j'ai mes raisons : on débat et même on se bat, parce que lorsqu'il s'agit de défendre mes quelques convictions, je suis teigneux comme un roquet. Un roquet, c'est même trop gentil : c'est à mon amstaff que je ressemble le plus, paraît-il, la gueule qui mord et qui ne peut pas lâcher, sauf un pied-de-biche entre les dents… Alors il claque la porte, se drape dans sa dignité comme dans un vieux manteau mité et va faire un tour dans le jardin, en tapant dans les petits volcans formés par les taupes (que je refuse de tuer, bien entendu).

Il est à peine sorti que je regrette tout. Je *me* regrette. Tout entier, un remords vivant. Pyramide de colère brute et stérile, tour de bois qu'on incendie : je pars en vrille, je m'élève, je crie et puis je me fous le feu, le tout sans raison. Il tourne les talons et je suis une terre calcinée, Attila fou, j'ai tout brûlé. Toujours ça que les Boches n'auront pas ! J'ai le sabordage facile. Pourtant, je sais que ce serait bon pour moi, d'apprendre à perdre. Apprendre à ouvrir ma porte, ouvrir les mains, ouvrir mes doigts, desserrer le poing. Laisser filer.

R. ne vient pas assez souvent, il vient quand il peut, quand il en a envie. Et moi, je l'attends.

Depuis mon départ, je suis devenu très docile et très patient. Je n'ai pas le choix. Je suis à la fois le serpent et la pomme, Ève et Adam, Satan et le bon Dieu. J'ai fondé un Éden et je m'en suis chassé, bien fait pour moi ! J'ai tout perdu, ne peux rien réclamer. Ni qu'il vienne, ni qu'il trie ses déchets, utilise les toilettes sèches et récupère l'eau du bain pour arroser les fleurs.

Dix-huit mois de pénitencier, déjà. La seule grâce qu'il me fasse est de m'accorder sa visite, toujours brève, jamais certaine. Il y a quinze jours, il est arrivé épuisé après un trajet pénible sous l'averse, en moto. Il s'est laissé tomber sur une chaise, s'est passé les mains sur le visage. Consterné, coupable, inquiet, je lui demande comment il va. Il répond par une question, comme souvent : « Et toi ? » Je veux être sincère, alors sans réfléchir, je réponds :

– Je vais toujours bien, quand tu es là.

– Ça, rétorque-t-il d'un air froid comme la pluie, c'est une réponse que tu n'as *plus le droit de me faire*.

Et paf ! Prends ça dans les dents.

Pourtant, il vient. Souvent, il m'offre quelque chose : un disque, une fringue, du thé, un bon vin, mon parfum. Tout ce qui peut tenir dans un sac à dos, qu'on peut ramener à moto. Tout ce que je n'achète pas parce que parce que je n'ose plus, que c'est introuvable ici ou parce que je suis fauché. Je ne lui demande jamais rien. Il le fait par provocation, peut-être pour me prouver quelque chose.

Il repousse les frontières conquises par les chiens. En une nuit, leur territoire se réduit. La Rousse aussi, chassée du paradis de mon lit, s'en va en feulant. Mes bêtes le craignent. Il fait vrombir le poêle à bois comme une chaudière de locomotive, jette dedans sans distinction les épluchures et le plastique, et même mes chaussettes trouées. C'est une catastrophe écologique. Il fait le tri dans mes affaires, jette mes vieilles frusques, sans mon consentement parfois, mais je ne peux rien dire parce que cette épuration est aussitôt compensée ; à chacune de ses visites, des choses disparaissent, d'autres apparaissent. Il m'étourdit de récits : des ragots de journalistes, les souvenirs de ses voyages, les scandales politiques, le dernier film qu'il faut avoir vu, un récital de piano, des nouvelles des copains. Un air de capitale enfumé, enfiévré, nerveux, entre chez moi. Je suis comme au théâtre.

Les félins boudent dans la grange. Les chats, ça n'aime pas être dominé. Moi, je bois sa présence, je la respire, étourdi. Souvent, je ne sais même pas quoi dire. J'ai perdu l'habitude des entretiens à forte valeur culturelle ajoutée. Quand je vais *Chez Yvonne* les samedis soir, c'est pour boire plutôt que pour causer. Il se trouve toujours de braves types à casquette pour taper la discute avec moi autour d'un pastis, mais on évoque rarement la fondation du Hamas ou l'esthétique de Bergman. On barbote plutôt dans le tout-venant.

Avec ma Dyane, je pourrais aller voir R. à Paris. Comme je doute d'y parvenir entier, je préfère le train, qui met Le Mans à une heure de la capitale. Privilège dont je n'abuse pas. En dix-huit mois, je ne suis *monté* qu'à deux reprises. D'abord, à cause des chiens.

Gare Montparnasse, la première fois, j'avais mes deux chiens au bout d'une corde, un vieux jean façon emmenthal et une veste militaire, sur le dos un rucksack de l'armée allemande récupéré dans un vide-greniers. J'avais à peine atteint le bout du quai que les flics m'ont arrêté. Ils m'ont fait ouvrir mon sac, en ont extirpé une branche de laurier. Grosse déception.

La deuxième fois, je me suis fait arrêter dans le métro par la brigade cynophile. Malgré une muselière qui le rendait très triste, Staff était hors la loi. J'ai écopé d'une amende pour défaut d'assurance, que R. a dû payer, à sa grande joie. La loi ne plaisante pas avec les molossoïdes. Sur le trottoir entre la place de Clichy et Barbès, on m'arrêtait tous les trois mètres. Tandis que les gamins caressaient l'inoffensif Terry, on m'a proposé très sérieusement des combats avec Staff. De quoi rembourser l'amende… Il faut dire que ce n'est pas n'importe quel amstaff, c'est de la graine de champion, trafiqué pour faire peur. On lui a taillé les oreilles en pointe, son poitrail est musclé comme celui d'un catcheur, il n'a presque plus de queue, alors que la nature l'avait doté d'une sorte de manivelle de tracteur très seyante. Il a été gâché par l'homme : j'essaie de le lui faire oublier. J'ai décliné l'offre : pas de combat. R. en a été quitte pour son argent…

Si je ne vais pas plus souvent à Paris, c'est aussi par économie. L'aller-retour en TGV, c'est quinze jours de bouffe pour moi et les chiens. Enfin, il y a d'autres raisons, inavouées, secrètes. Affronter la ville et devoir partager celui pour qui je le fais, c'est un outrage. J'aime encore mieux m'en priver totalement. Au moins, en pensée, je l'ai tout entier à moi, mon esprit le délivre des boulets qui l'encombrent à Paris : copains, boulot, sorties. Sans parler du pire, qui est âgé de dix ans, et appelle quand je suis là pour demander si on peut aller voir un Disney au cinéma…

J'ai toujours bien aimé les trains, pourtant.

Surtout les petits, les modestes, les obscurs, les vieillots, les remuants, les puants. J'aime bien aussi marcher sur les rails qui passent derrière la ferme de Paulette. Une grande allée toute droite semée de graminées et de pissenlits, presque une voie romaine, avec ses vestiges d'une SNCF préhistorique. On arrive à La Flèche par la gare de triage, au bout de seize bornes bien hypnotiques, les jambes en feu, les yeux dans le vide. Un très beau voyage, que je fais avec les chiens, celui-là. Parfois il faut porter Terry qui nous fait le coup de la crise cardiaque, mais je suis sûr qu'ils sont plus heureux dans ce voyage-là que coincés dans un wagon à bagages avec une muselière.

Qu'on fasse cent mètres ou qu'on en fasse trois millions, partir c'est avancer, bouger, vivre. Je n'aime pas le voyage, j'aime le départ. Pas besoin d'exotisme. C'est le premier pas qui coûte. Partir, ce n'est pas mourir un peu. Partir, c'est vivre.

Il m'arrive pourtant, comme à tout le monde, d'avoir quelque chose comme le mal du pays. C'est un mal confus, mélangé, le mal des lieux aimés et quittés. Le mal du Rhin, de la Seine, du Tibre, la nostalgie des Batignolles, du Forum romain, de la cathédrale de Strasbourg. Mes souvenirs se superposent, s'élargissent puis se replient, ça fait comme un accordéon. Petite musette pour danser.

Quand je pense aux villes où j'ai grandi, vécu, été heureux, je me dis qu'en cet instant elles mènent leur petite vie de ville sans moi et que je ne leur manque pas, et qu'un jour il me sera donné de les retrouver. Elles auront changé peut-être, je ne reconnaîtrai rien, envahi d'une nostalgie insoutenable, mais je serai de retour. Il n'y a rien à redouter. Ce qu'on laisse derrière soi ne meurt pas. Un lieu ne cesse pas d'exister parce qu'on n'y vit plus : cette idée a quelque chose de rassurant.

Il en va de même pour quelqu'un qu'on a quitté : on ne le tue pas pour autant. On cesse seulement de vivre dans la crainte de sa disparition. On troque la peur de perdre contre l'espoir du retour.

3. Petit Poucet court toujours

Je marche, je marche autant que je peux, ce n'est pas la pluie de ces dernières semaines qui m'arrêtera. Pendant des années, j'ai couru, comme Victor Hugo marchait vers la tombe de sa fille, *sans rien voir au-dehors, sans entendre aucun bruit*. Jusqu'à l'épuisement, plusieurs fois par semaine, je courais comme on fuit. Pouvait-on encore appeler ça du sport ? Je cours encore un peu, parfois, pour voir si je sais encore. Avec des bottes en caoutchouc, il faut reconnaître que ça n'est pas facile.

Mes bottes, je les porte si souvent que quand je les enlève, elles me manquent. Elles sont pourvues d'une semelle de boue que j'ai la flemme de gratter. Parfois, tout de même, il faut faire tomber un peu de croûte, pour ne pas trébucher. Les jambes pliées, penché pour aller contre le vent, je marche lourdement, lentement. J'adhère de tout mon corps. Lesté, courbé, je colle à la terre. *Droit dans ses bottes*, c'est une expression idiote.

Ce soir, les bottes reposent sur le carrelage, couchées l'une sur l'autre en bonnes camarades, tandis que j'étends les jambes sous la table, les cuisses, les genoux, les mollets si douloureux que je pourrais crier. D'ailleurs, je gémis, étirant chaque muscle, mais seuls les chiens m'entendent – et encore, ils ont les oreilles qui frémissent, mais ne lèvent pas la tête. « À chacun sa croix », semblent-ils me dire. Ils ont bien trotté eux aussi, à la fin ils n'avaient même plus assez de pisse pour marquer les arbres.

En revenant, je marchais vite pour vaincre le froid et battre de vitesse le soleil qui se couchait. J'avais, comme souvent, emporté mon appareil photo. Une relique, un vieux reflex que R. m'a donné… Je ne photographie que le ciel. Je n'ai même pas de photos de mes chiens, sinon celles que R. a prises. Sur l'une d'elles, on nous voit, eux et moi, dans la brume des champs, trois silhouettes en contre-jour sur une mer de nuages. On dirait la figure du *Mat* dans le tarot de Marseille. Le Mat, c'est un fou au chapeau à grelots, qui marche avec son sac sur le dos, son bâton de pèlerin, talonné par un chien qui lui mord le cul. C'est la seule carte sans numéro, parce que le fou est toujours hors jeu.

Ce soir, le ciel était un incendie, un coucher splendide qui voulait qu'on le voie mourir. Un de ces soirs rose et orange à vous couper le souffle. Une agonie spectaculaire du jour. On aurait cru qu'il se forçait, se faisait de plus en plus beau, jusqu'à l'explosion, le grand massacre, le feu absolu. Ce soir, le ciel était un dragon qui allait crever.

Je faisais de vaines tentatives, toutes les trois minutes, pour saisir l'instant suprême, l'acmé de sa splendeur. Et à chaque fois que je croyais en avoir fini avec ma prétention à saisir l'insaisissable, quand je pensais qu'il n'avait plus rien à montrer, le ciel me prouvait le contraire. Il me forçait à ressortir mon appareil de mon sac, à ôter le cache en quatrième vitesse et à prendre à la hâte une énième photo ratée… Ratée, forcément, car je marchais, pendant ce temps. Ce ciel en souffrance, qui courait à sa perte, je courais à ses côtés. On m'a dit un jour qu'il y a deux façons de photographier : la chasse et la pêche. Le pêcheur d'images se pose quelque part et attend la touche, l'heureux hasard. Le chasseur, lui, poursuit l'image qu'il espère. J'avais pris ce soir la posture absurde du chasseur.

Ce ciel qui brûlait, je voulais *l'avoir*. Comme s'il ne suffisait pas de voir !

Sous l'horizon orange, je me suis souvenu de Rome.

Avec R., nous y passions nos journées à marcher. Rues, *campi*, avenues, jardins, le forum en ruines et les sept collines, parcourus par mes jambes infatigables et sa curiosité insatiable. Ses yeux dévoraient tout : les pavés des ruelles, le crépi des façades, les visages des enfants, le robinet rouillé des fontaines, le pelage mité des chats errants… Son regard absorbait tout, mais quand il sortait l'appareil, c'est moi qu'il photographiait. Lassé, je râlais :

– Mais arrête, prends autre chose, tu me gênes.

Il répondait, sans rire :

– Mais c'est de ta faute, aussi ! Regarde-toi !

Je ne pouvais pas savoir. Je ne me suis vu que sur ses photos, longtemps plus tard ; c'est là que j'ai su.

Ce que j'avais, c'était un rayonnement. J'étais le soleil de ce soir, ardent et féroce.

Il n'est pas à la beauté d'autre origine que la blessure que tout homme garde en soi, a écrit Genet. Il y a dans cette beauté quelque chose d'impérieux, une urgence. Quand la blessure est tragique, lorsqu'elle prend des proportions gigantesques comme le ciel de ce soir, elle devient tyrannique. C'est une beauté qui hurle, qui crie son besoin d'être vue, d'être prise et comprise. La vraie beauté, c'est une victime devenue bourreau.

J'ai fait du mal, moi aussi.

J'ai été un incendie dans certains ciels que j'ai traversés. Je n'ai que la piètre excuse de ne pas en avoir été conscient. Plutôt qu'une excuse, je me demande même si ce n'est pas une circonstance aggravante. L'innocence est le pouvoir suprême. Arme de destruction massive. J'ai eu la beauté féroce, la beauté de ceux qui ne se *regardent* pas. La séduction aveugle, plus impardonnable que l'autre. J'abattais sans distinction, sans bataille et sans trophée, je triomphais. Le pire, c'est que cette séduction ne m'apportait rien dont j'avais besoin. Ni sécurité, ni force, ni confiance en moi.

Sous mes yeux cernés et une barbe de plusieurs jours, mes pulls aux mailles tirées par les chats, mes bottes en caoutchouc, elle est toujours là, je suppose, cette beauté. Elle couve.

J'ai été un incendie, je suis une braise. Et comme le feu, je n'ai rien fait dont je puisse être fier. Je peux juste dire : « J'ai brûlé. »

*

Après le Père-Lachaise et Orsay, il me restait une dernière visite à rendre à Rosa. Je l'ai faite il y deux ans, avec R.

By-Thomery, c'est, en Seine-et-Marne, un coin de verdure frais et coquet où nous sommes parvenus un dimanche de printemps. Le château où Rosa a vécu jusqu'à sa mort est une grosse bâtisse de style paysan, à colombages normands, flanquée de bâtiments hétéroclites et entourée d'un grand parc. Pendant des années, l'artiste y a laissé vagabonder sa lionne domestique, qui terrorisait les visiteurs et qu'elle appelait Pierrette…

En attendant qu'on nous ouvre les portes de ce paradis, et tandis que mon caustique compagnon ironisait sur le nom de la lionne, je regardais jouer au bord de la route une tribu de jeunes chats. Ils se couraient après, attrapaient les papillons, mangeaient des mouches. Accroupi pour les observer, je ne bougeais pas. R. s'est approché, a tendu sa main vers eux, aussitôt ils ont déguerpi en faisant de grands bonds de lièvre dans les herbes hautes. Conquérant de l'inutile, R. s'est relevé sans rien dire. Je me souviens avoir souri du désarroi qui se lisait sur son visage. J'ai senti ce jour-là tout ce qui nous sépare dans notre façon d'aimer… et compris ce qu'il y a de défi dans les yeux des chats.

Enfin les grilles se sont ouvertes devant nous, les seuls hôtes d'un musée au demeurant très poussiéreux.

Au fil de la visite naissait en moi une étrange et pénible sensation de déjà-vu. Je ne reconnaissais rien, non, mais je m'attendais à tout. Rien ne m'était familier ni proche, c'était une maison bourgeoise, trop vaste, dont l'ameublement et la décoration sentaient le vieux succès, la gloriole passée. Je m'étonnais d'être si peu ému. Des têtes de chevaux empaillées dormaient sous la cendre du temps, quelques toiles d'araignées pendaient aux poutres comme d'antiques guirlandes, souvenirs de fêtes révolues. Si l'on ajoute à cela le mobilier, dans le goût gothique de la fin du dix-neuvième siècle, l'ambiance était parfaite pour y tourner un film fantastique. On nous montra l'atelier du peintre où des brosses mises à sécher depuis cent ans, des tubes de peinture débouchés et des toiles inachevées tentaient de donner l'impression qu'elle venait de le quitter.

Ce qui reste d'une vie, ça ne vit pas.

Je me disais cela et j'en étais rassuré. À cette époque, je venais de décrocher ma licence de brocanteur et l'idée de passer ma vie à fouiner dans les souvenirs des autres me mettait encore mal à l'aise.

J'admirais le travail qui avait permis de rassembler sur une petite table une belle collection de journaux d'époque. J'étais en train d'en lire les gros titres, quand la guide a attiré notre attention sur une machine à rouler le tabac. Car l'artiste roulait ses cigarettes et fumait beaucoup, surtout quand elle peignait… En société, elle ne crachait pas sur les havanes.

R. commençait à trouver marrante *cette espèce de Walkyrie*, comme il disait. Mais j'ai senti qu'il était conquis lorsqu'on nous a ouvert la petite pièce, contiguë à l'atelier, dévolue au laboratoire photo. Rosa y développait ses clichés, dont la collection, hélas, n'était pas exposée, à supposer qu'elle ait été conservée. Quelques appareils anciens, lui ayant appartenu, étaient de véritables curiosités. Nos doigts nous démangeaient… Mais la guide veillait jalousement sur ces trésors. Elle n'a pas hésité, en revanche, à nous ouvrir grand l'armoire de la chambre à coucher, pour en exhiber les frusques. Blouses de peintre, jupes amples et casaques de velours…

Et des pantalons d'homme.

Pour ses lions en liberté, on lui avait foutu la paix, mais pour s'habiller en homme, il fallait un laisser-passer… Cela s'appelait une *autorisation de travestissement*, et c'est la préfecture de police qui la délivrait. Nous avons pu la voir, au château, et j'en ai sous les yeux le fac-similé. Il fallait un motif à cette dérogation. Le plus fréquemment invoqué, qui figure sur le document de Rosa, c'est *Raisons de santé*. Sur le coup, j'ai trouvé ça marrant. Ça ne l'est pas tant que ça, à une époque où l'on faisait crever les femmes dans des corsets qui leur enfonçaient les côtes, déplaçaient les organes, provoquaient des avortements spontanés, des syncopes, des hémorragies internes… Nathalie Micas, la compagne de Rosa, avait bénéficié de la même dérogation, sans laquelle la femme travestie était mise à l'amende, voire emprisonnée si elle avait le ridicule de récidiver. George Sand la sollicita aussi, ce qui laisse à penser que, si la chose nous semble aberrante, elle devait être plus répandue qu'on ne le croit. Évidemment, cela n'ôte rien au courage des unes ou des autres.

Quel courage ?, demandera-t-on. Non celui de se faire remarquer, car aucune n'a jamais cherché le succès de scandale, qui n'aura été qu'un dommage collatéral. Elles voulaient porter le pantalon, pourquoi ? Pour la même raison que je le porte, moi, et pas une jupe.

Moi qui suis homme, l'idée ne me vient pas de me vêtir en femme « pour affirmer ma liberté ». Et pourtant, nous sommes au vingt et unième siècle. Et pourtant, ce que j'attends d'un homme, moi, précisément moi, c'est un peu ce qu'une femme en attend – toutes proportions gardées, si j'ose dire. Est-ce que, pour autant, je me colle des porte-jarretelles ? Non bien sûr, et est-ce qu'on me demande pourquoi ? Non. Et pourquoi ? Parce que c'est évident. Ça m'emmerderait terriblement, tous ces soutiens-chose et ces étouffe-trucs. Tout vêtement est un travestissement. À défaut d'avoir le droit d'aller nu, on doit au moins avoir celui d'être libre de ses mouvements.

Mais alors, dira-t-on, pourquoi ont-elles choisi le frac, le gilet à goussets, le pantalon à pinces ? Pourquoi pas la gandoura informe, le burnous, la toge ? Parce qu'elles n'ont pas grandi au Maghreb, en Inde ou dans l'Antiquité, mais en France, au dix-neuvième siècle. Et à cette époque, le genre dominant est masculin. Elles n'ont pas cherché l'exotisme, mais l'effacement. Pas la singularité, mais la discrétion. Comme le dit justement George Sand, *pour n'être pas remarquée en homme, il faut déjà avoir l'habitude de ne pas se faire remarquer en femme…*

Toujours dans le registre viril, il paraît que Rosa avait voulu en 1870 recruter un bataillon et le commander pour le mener au front. À défaut d'engagement armé, elle avait ouvert les portes de son château aux blessés et aux fuyards.

Curieuse ambition que de se battre pour son pays… Qu'on soit homme ou femme, du reste. C'est une motivation qui m'échappe complètement. L'autorité brutale me terrifie, même ses symboles les plus inoffensifs déclenchent en moi une décharge d'adrénaline. Quand les gendarmes me font signe, je me vois déjà derrière les barreaux. Je crois que sous mon être sage se cache une sorte de canaille sans scrupule et perverse, que la bleusaille a appris à détecter. Mes expériences parisiennes me l'ont souvent prouvé : j'ai en moi, même sans molosse à mes côtés, quelque chose d'indubitablement suspect. Et quand je croise dans les rues de La Flèche, les samedis, les beaux *brutions* du Prytanée avec leur vareuse noire et leurs boutons dorés, j'ai comme un frisson dans l'échine. Et la fripouille en moi me suggère de fuir, parce qu'à tout moment, ils peuvent m'acculer dans un coin sombre pour me tabasser… Et plus, si affinités. (J'entends d'ici R. ricaner : « Arrête de rêver, tu te fais du mal… »)

Notre visite s'est achevée par un tour du parc, où l'on voit ce qui subsiste des volières et de la ménagerie. Du temps de sa splendeur, Rosa y nourrissait des centaines de bêtes : moutons, biches, sangliers… Et des vaches, évidemment. Comme le faisait remarquer R., ça devait être beau à voir, à l'heure du rut ! Sans parler de l'odeur – surtout si, comme on le prétend, Pierrette faisait ses petits besoins dans la maison…

De cette visite, je suis revenu désenchanté, mais toujours curieux. J'avais la certitude que l'esprit de Rosa devait être ailleurs que chez elle. Après tout, sa maison, pendant près d'un siècle, avait été administrée par d'autres. Son héritière, Anna Klumpke, avait dû se résoudre à vendre bon nombre des œuvres de l'artiste. Même si elle s'était attachée à maintenir vivante sa mémoire, elle l'avait peut-être trahie, en fin de compte et en cours de route. Trahison innocente, involontaire, revanche du temps et de la vie sur les morts encombrants. Comme tous ceux qui ont perdu un proche, je sais qu'on est toujours infidèle à la mémoire des morts. On lutte, mais le temps grignote des bouts de souvenirs. On voudrait conserver l'idée de l'autre, se souvenir de ce qu'il était, garder intacts au moins son esprit, son caractère, sa voix ; on ne garde que le sentiment.

Notre *propre* sentiment…

Mes premières notes sur Rosa Bonheur ont été consignées, le jour de cette visite, dans un petit cahier noir. C'est alors qu'a commencé à germer l'idée d'écrire à son sujet. Ce carnet, j'en avais fait le point de départ de mon futur travail, auquel je me mettrais un jour, quand j'aurais du temps. Et puis, quelques mois plus tard, j'ai quitté Paris et j'ai quitté R.

Et ce cahier noir, je l'ai oublié dans un tiroir.

J'avais pourtant cru tout emporter dans mon déménagement. Méticuleux, j'ai mis un soin maniaque à effacer mes traces comme un loup dans la neige. Mais quand on quitte un lieu qu'on ne veut pas quitter, on y oublie quelque chose, c'est connu. Il m'a fallu du temps avant d'oser réclamer mon cahier. J'avais laissé derrière moi un champ de ruines sur lequel j'avais bien peu de droits. Mon carnet était passé par pertes et profits. Quand enfin, des mois plus tard, j'ai eu le courage de lui demander s'il l'avait retrouvé, j'ai suggéré qu'il me l'envoie par courrier. Il ne l'a pas fait.

Il est venu aux Champs baillés pour me le rendre.

C'était par une journée froide de février, il y a un an. Derrière ma maison, que je venais d'acquérir, je commençais à transformer mon champ de ronces en jardin. Quand R. a garé sa moto devant ma porte, j'étais en survêtement et en bottes, une bêche à la main. Au moins, avec cette allure de *moujik* enraciné dans la terre, j'annonçais la couleur. Il pouvait voir tout de suite ce que j'étais devenu : un néorural mal sapé, au teint bruni, aux cheveux hirsutes. Et puis, si l'entrevue tournait mal, on pouvait toujours se battre à coups de râteau et de pelle, comme deux gamins sur une plage… Je plaisante, mais je n'en menais pas large. Nos retrouvailles. Depuis des mois, je me les étais imaginées, j'avais échafaudé tout un scénario, c'était plein de rage, de colère et de larmes, de mots au lyrisme discret mais avec des violons derrière, des violons fous, entêtés, hystériques.

Mais il ne m'a pas battu à coups de pelle. Je ne lui ai pas planté mon râteau dans le cœur. Il a simplement eu son sourire moqueur, et il a dit en jetant un coup d'œil à ma tenue, de sa voix ironique et volontiers acerbe :

« Alors, Petit Poucet, on a mis les bottes de l'ogre ? »

Je ne suis pas allé vers lui, trop con dans cet accoutrement. J'ai attendu qu'il s'approche de moi, ce qu'il a fait très simplement, sans hésitation. D'un geste ample, son bras s'est enroulé autour de ma nuque, ma tête a cogné la sienne, je me suis écrasé contre lui, les yeux fermés, j'ai lâché la bêche. Tout était dit.

L'ogre, c'est lui.

*

Je me souviens de ma déception, au commencement, lorsque j'ai compris que nous n'étions pas seuls au monde. Que nous ne venions pas à nous deux d'inventer une nouvelle manière d'aimer. J'avais dix-huit ans.

Candide plutôt que naïf, je ne nous ai jamais comparés. Je n'ai jamais cherché la compréhension, la connivence, l'absolution auprès des autres couples. Je n'ai jamais rien partagé de cet amour, ni confidences ni doutes. Je l'ai vécu seul, comme un mystère sacré dont on ne parle pas. Et là encore, cela n'avait rien à voir avec le fait d'assumer ou non telle ou telle pseudo-différence. Mon amour est un bloc de silence, et parce que je n'en ai jamais beaucoup parlé, il est encore vierge, inattaqué, comme un beau marbre.

Il est encore, à moi-même, mystérieux.

R. est arrivé dans ma vie comme l'archange dont il a le prénom, à grands coups d'ailes qui bousculent tout sur leur passage. Tant pis si la comparaison est un peu éculée. Pendant huit ans, j'ai partagé cette vie de courant d'air. Ce que j'ai partagé surtout, c'était sa résidence : un appartement aux Batignolles, un bien de famille où, quand il n'avait pas de boulot, il donnait des cours de piano. Un premier prix au conservatoire, il faut bien que ça serve à quelque chose… C'était une vie inconfortable, agitée, pressée : revenus irréguliers, déplacements à l'étranger au rythme des conflits, livres de géopolitique traînant aux toilettes et la *Méthode d'arabe moderne* sur la table de chevet, visas à renouveler, rappels de vaccins, agences de presse à relancer, interminables semaines de chômage suivies de départs brutaux.

Qu'est-ce que je venais foutre là-dedans, moi l'étudiant en philo, sinon vivre à ses dépens ? Une dépendance absolue, quelque part entre le nouveau-né et le drogué, mais aussi, plus prosaïquement, une dépendance financière.

Aux yeux de ses amis, aux yeux de ma famille où chaque sou se gagne à la sueur de son front, j'avais peur de passer pour un profiteur. Douze ans de moins que lui et pas un radis : autant dire un tapin, une roulure, un giton ! Pour échapper au cliché du garçon entretenu, il fallait travailler. Mon père avait payé mes droits d'inscription à la Sorbonne. L'été suivant, pour m'inscrire en deuxième année, j'ai bossé dans un Mac-Do à Genevilliers. Je faisais griller des steaks et, quelques samedis, pour dépanner le manager, j'ai animé des anniversaires, déguisé en clown. Pauvres gosses. Ça a dû être l'anniversaire le plus sinistre de leur vie…

Alors, pour que ma vie soit un peu plus à mon image, j'ai dû la vendre. Mon image, pas ma vie.

Ça n'était pas mon idée. Honnêtement, de moi-même je n'y aurais jamais pensé. Il a fallu qu'on me la souffle, et encore, j'ai fait le sourd un moment.

R. est photographe de presse indépendant. Un de ses meilleurs amis, Eugène, est photographe de mode. Ils partagent la location d'un petit laboratoire en banlieue, où R. réalise ses tirages privés ou expose son travail personnel. Eugène, plus communément appelé Gégène, est un type sympa, drôle et farceur, capable d'idées loufoques comme de coups de génie.

Un soir, il est venu dîner chez nous.

Je me souviens qu'à cette époque, le dernier des Leica-M venait de sortir, un appareil mythique que R. rêvait de s'offrir. Même pas pour son travail, juste pour le plaisir. En pleine révolution du numérique, son collègue trouvait ça inutile. De toute manière, ça n'était pas le moment de se lancer dans des frais, les finances du royaume étaient à marée basse. Pour la blague, j'ai promis de le lui offrir, *quand je serais riche*. J'avais lancé ça sans avoir réfléchi à la façon de le devenir. Curieusement, Gégène semblait y avoir pensé, lui. Il m'a demandé si, enfin, je m'étais *décidé*.

À quoi ? Je ne me savais pas assis sur une mine d'or.

Il suffisait de voir la tête de R. pour comprendre qu'il était dans le coup… et qu'il n'était pas d'accord. On aurait dit Danton et Robespierre se disputant ma révolution. Ils échangeaient des remarques cinglantes sur un sujet que je n'avais toujours pas entrevu. Gégène a finalement lâché :

– Crois-moi, Pierre. J'en vois défiler beaucoup. Fais-moi confiance. Tu ne perdrais rien à essayer, juste pour voir. Je suis prêt à parier qu'après-demain, tu signes dans une agence.

– Mais merde, à la fin ! Une agence *de quoi ?*

– D'escort-boys, a glissé R. perfidement.

– De mannequins, grand couillon !

J'ai éclaté de rire. Tout ça était ridicule et loufoque, bien à l'image de Gégène. Rien à voir avec moi. N'est-ce pas ?

Mais Gégène ne s'est pas laissé démonter. C'est sa profession que je mettais en cause, par mes ricanements d'ado coincé. Un mannequin, il était payé pour le savoir, ce n'est pas juste une belle gueule, c'est une gueule « à potentiel ». C'est un visage et un corps qui ont de la ressource. Qui sont les sources de milliers d'images différentes. Il ne s'agit pas d'être beau ou belle, pas plus qu'il ne s'agit d'être un porte-vêtement ou un slogan vivant. Des *books* pleins de clichés identiques, il en avait vu beaucoup, il en avait réalisé aussi : c'est une activité lucrative pour un photographe. Il les savait destinés aux archives. Une belle gueule à usage unique n'a pas d'avenir dans la mode. Selon lui, avec mon corps à géométrie variable, avec mon visage aux expressions fugitives, j'avais le profil qu'on recherchait à ce moment-là.

R. en était à la quatrième cigarette, bientôt ce serait la fugue en ré mineur. Il avait pris son air que j'appelle *au-dessus de la mêlée,* les sourcils levés, le regard ailleurs. À ce stade, si le conflit se poursuit, il se lève, s'installe devant le piano et commence à jouer d'un air pénétré des sonates emmerdantes. Combien de querelles se sont soldées comme ça, tuées dans l'œuf avant même d'aboutir aux scènes spectaculaires qu'espère mon tempérament tragique…

La chasse aux émotions sur mon visage, c'était son sport favori. Laisser n'importe qui profiter de ce terrain d'investigation, c'était beaucoup lui demander. R. n'est pas jaloux, non, il est *au-dessus* de ça. Tellement au-dessus que je n'ai jamais su à quelle distance, au juste. La laisse est longue, mais le collier fait mal…

Trop fier, il ne s'est pas risqué à opposer un veto sentimental. Surtout devant témoin. Il lui suffisait de déplacer le débat sur un terrain qui m'était familier : la morale, par exemple. Fastoche. Le milieu de la mode est une mer aux requins, un pandémonium, l'enfer des purs et des innocents. L'argent y est forcément facile, la drogue toujours nécessaire pour supporter l'asservissement, l'exploitation de cette chose sacrée qu'est le Corps Humain, disait-il avec des majuscules qui vibraient dans sa voix. Et tout cela, au service du commerce le plus futile qui soit. Marchands d'images, marchands de rêves frelatés, marchands d'esclaves de la société de consommation ! Je l'avais rarement vu aussi remonté.

Pendant son réquisitoire, Gégène m'observait, si impatient de ma réponse qu'il en oubliait de se vexer. De son discours, il savait que je n'avais retenu qu'une chose : la certitude de gagner du fric. Assez pour payer, en tout cas, une année de plus à la Sorbonne et, peut-être, un Leica. Et si ça ne marchait pas, il resterait toujours le Mac-Do. Endosser le costume du clown Ronald ou poser pour des magazines… Pour moi, c'était pareil. Je ne mettais pas mon âme dans les hamburgers, pourquoi l'aurais-je mise dans des photos ?

Quelques jours après cette soirée, j'ai rejoint Gégène au studio pour des essais. Il voulait avoir quelques tirages à présenter aux *bookeurs*. D'après lui, quelques clichés de vacances auraient suffi, les agences préfèrent la simplicité à la prétention. Mais R. n'a pas consenti à nous en céder une seule.

Paralysé par son attitude, que j'hésitais à mettre sur le compte de la jalousie, que je prenais, à défaut, pour du mépris, je n'ai compris que très tard qu'il était à l'origine de cette séance. Voyant que ses arguments n'avaient pas suffi à me détourner de ce qu'il appelait une *fausse bonne idée*, il avait demandé à Gégène de me préparer. Comme un chien ou un enfant, je devais domestiquer ma timidité sauvage, apprivoiser mon image.

Mon corps venait de changer en si peu de temps... De cette métamorphose, R. était le seul témoin. Ses cartons de photos, qu'il tenait secrètes, recelaient quelques portraits où je peinerais moi-même à me reconnaître. En effet, quand je l'ai connu, je pesais 48 kilos. Quand j'ai commencé à poser, j'en faisais 60, ce qui est presque raisonnable pour un homme de ma taille. J'avais fini par m'accepter comme ça, côtes saillantes, squelette caché, et peu à peu la chair était revenue et, avec elle, le devoir de vivre... Tout cela a pris des années, c'est un travail dont lui et moi sommes les artisans. Mais s'accepter n'était pas encore assez pour pouvoir poser comme modèle. Encore fallait-il s'aimer, au moins un peu, me disais-je. Or, comment aimer assez mon apparence physique pour vouloir la montrer à tous ? Pour accepter l'idée qu'elle puisse valoir de l'argent ?

Dans leur studio photo de Drancy, avec l'aide de Gégène, je me suis installé dans la peau du modèle. J'ai pris cela comme un jeu, comme on remplit un bulletin de participation pour un tirage au sort dans un supermarché, après les courses, qu'on a envie de rentrer chez soi et que l'espace d'une seconde on rêve d'une autre vie. Finie la vaisselle sale qui s'empile, finis les traites à régler, le métro du soir et la fatigue ; à la place, on fait des ronds dans l'eau de la piscine sur sa bouée dorée, une coupe de champagne à la main. Et tout ça n'est pas vrai, mais en mettant son nom dans les cases, on y pense quand même.

C'était quelque chose comme ça.

Gégène consommait de la pellicule et de la lumière. J'étais désespéré à l'idée de tout ce qu'il était en train de *gaspiller*. Je n'osais rien dire, pourtant. En professionnel, il avait sorti du tiroir de son bureau un accessoire incongru : une trousse de maquillage. Il n'a pas touché à mes cheveux, qui à l'époque étaient rasés, mais m'a appris l'utilité de la poudre qui empêche la peau de briller. « Ça pue, ton truc. » L'odeur me levait le cœur. Je prétendais y être allergique, en vérité j'étais gêné. Je serais mort de honte si nous n'avions pas été seuls. Je me croyais fardé comme un acteur de théâtre japonais, comme un camion volé, comme une pute.

Je suis ressorti de là écœuré.

R. a vu les photos au studio où elles avaient été tirées. Il n'a fait aucun commentaire. Comme si rien de tout cela n'existait. Son silence avait gommé cette séance de ma vie. Pour un peu, j'en serais devenu amnésique. Mais Gégène entre-temps avait glissé un mot pour moi à une *bookeuse* avec qui il travaillait. Elle cherchait un modèle pour une campagne de pub. Sur sa recommandation, j'ai obtenu très vite un rendez-vous auprès d'elle.

Je n'arrivais pas à me décider à y aller. Il m'était facile d'ignorer ces photos, de me dire que ce n'était pas *moi*. J'ai déjà du mal, en temps normal, à me défaire du sentiment d'être une doublure… *Un autre* était dans ma peau, vivait à ma place, avait fait ces photos. Et je ne savais pas *lequel* envoyer là-bas. Le matin même de la rencontre, j'avais changé d'avis, je voulais jeter les photos, oublier tout ça. Est-ce le sort des gens timides, ou une séquelle de la gémellité ? Impossible à démêler. Je suis tout de même parti à la dernière minute, trop lâche pour ne pas y aller, mais bien décidé à tout faire pour rater l'entrevue.

Pour commencer, je me suis trompé de métro. Parvenu enfin dans le quartier de l'Opéra où était l'agence, les photos dans mon sac me faisaient honte et je voulais les jeter. Je me disais : Fais la pute ! Oui, fais la pute, plutôt, c'est plus franc, puisque tu ne t'aimes pas, qu'est-ce que ça change ? – mais non, tu ne peux pas, pour R. au moins, et puis pour *l'autre*, cet autre à l'intérieur qui te dit : Respecte-toi, Respecte-moi… Pour l'adolescence qu'on n'a pas eue, Éric et moi, pour l'enfance fauchée en herbe, je voulais des égards, de la pudeur.

Je me suis pointé avec un retard de presque une heure.

Le visage fondu, les yeux liquides, comme une photo qui a pris l'eau et qu'on a essuyée. J'étais tellement remonté loin en moi, jusqu'à la source, que je me sentais gros comme un pois chiche, tassé au fond d'un grand corps vide, l'esprit dans les chaussettes. J'ignore quel effet j'ai pu leur faire. Mes excuses ont paru sincères. Elles l'étaient.

C'est Agnès qui m'a reçu, la *bookeuse*. D'emblée, j'ai été soulagé. Elle n'a pas éclaté de rire en me voyant. Elle ne m'a pas fait tourner sur moi-même comme une fille endimanchée. Elle ne m'a pas soulevé les babines pour voir l'état de ma dentition. Bref, c'est à peine si elle me regardait. Elle a vu mes photos, reconnu la touche de ce cher Gégène. Elle n'a fait aucune remarque sur le physique que j'étais venu vendre. Elle avait un œil, pour voir ce que son métier lui faisait rechercher, mais l'élégance de ne pas en parler. Nous avons causé, je crois, de mes études. Je me demande aujourd'hui ce que j'ai bien pu dire de palpitant sur le programme de philosophie. J'ai juste le souvenir d'avoir parlé longtemps de tout autre chose que ce pour quoi j'étais là. Agnès ne s'occupait que des modèles masculins. Elle avait avec eux – avec nous, puisque j'ai fait partie de l'écurie – des rapports maternants, très confortables, d'où la séduction était absente. Je ne l'ai jamais entendue prononcer de jugement esthétique.

Finalement, elle m'a demandé de revenir quelques jours plus tard. Elle avait « quelque chose en tête pour moi ».

Ce quelque chose était une marque américaine de jeans, qui lançait un parfum. Le jour venu, en plus d'Agnès et d'un photographe, un *casting director* de la marque était là. Heureusement qu'il ne cherchait personne pour les jeans : avec mon physique de haricot vert, je n'aurais eu aucune chance. La mode à l'époque était aux maigres, certes, mais certains vêtements requièrent un peu de chair. C'est d'ailleurs ce qui a limité ma carrière : pas tout à fait assez grand, définitivement pas assez musclé, mon *potentiel* était quand même très limité, n'en déplaise à Gégène.

Malgré tout, j'ai été choisi ce jour-là, pour le parfum. Choisi, intégré dans un *projet*, débité en petits bouts : mes yeux, ma nuque, un peu d'épaule, mon visage à demi caché par mes mains. De l'avis d'Agnès, « une image naturelle et tendre de la séduction ». Rien de moins. C'est ce que le client voulait. Tout le monde était content, et moi j'ai touché mon premier cachet. Avec, j'ai payé la fac.

Entre-temps, R. s'était offert le dernier Leica…

Je n'ai jamais défilé, évidemment. C'est presque un autre métier, ça. Des campagnes à gros budget, je n'en ai fait que deux. Mais il y a d'autres petits boulots qui rapportent : les catalogues, les magazines. Ça n'a pas toujours été aussi facile, aussi évident que la première fois. Pendant plusieurs années, j'ai ramé pour décrocher de petits contrats, moins valorisants que le premier. Mais je m'en foutais, mon but était atteint : avoir une source de revenus, un à-côté pas trop contraignant. J'avais le sentiment d'une chance inouïe, quand je voyais mes copains de fac courir d'un petit boulot à l'autre.

Mais la réaction de R., qui n'a jamais dévié de sa ligne de conduite, m'a empêché de tirer de cette expérience la moindre vanité. Je ne lui en veux pas, au contraire. Sans lui, j'aurais probablement tourné au crétinisme total. Caressé dans le sens du poil, je me serais satisfait du degré zéro de l'admiration : le succès physique. J'aurais peut-être arrêté la philo et arrondi mes fins de mois au Bois.

Un véritable ami se réjouit avec vous de vos victoires. Mais le véritable amour ne s'en contente jamais. Comme la mère juive étouffante, il dit : « C'est tout ce que tu peux faire ? »

C'est grâce à mes cachets de mannequin que je l'ai payée, cette maison. Enchaînement paradoxal.

Moi, ici, tout seul, dans mes bottes en caoutchouc, planté depuis une heure devant ma table aux pieds vermoulus, avec la nuit tout autour qui tombe sur la campagne et le feu qui ronronne dans le poêle à bois, je suis plus loin de ce début de carrière que je ne le serai jamais d'aucune autre période de ma vie.

Dans mon magasin loué au curé, coincé entre l'église de La Flèche et la chapelle Notre-Dame des Vertus, j'ai affiché une publicité pour laquelle j'ai posé.

C'était ma dernière grosse campagne, lancée par une marque de sacs et de chaussures. On me voit torse nu, les yeux maquillés, les mains dans les poches d'un pantalon qui tombe très bas, je me souviens qu'il avait fallu le pincer au dos parce que mes hanches ne le retenaient pas. À gauche, l'os iliaque fait saillie. J'aime bien ce détail, à peine perceptible, petit bout d'intimité souvent caressé. Ce qu'on ne manque pas de voir, en revanche, c'est que, de mon ventre, un python s'enroule jusqu'à mon cou. C'était un faux, bien sûr, mais il a l'air vrai. Et dessous, un slogan honteusement piqué à Léo Ferré, *Thank you satan*, enfonce le clou, si j'ose dire.

On est aux antipodes de l'image naturelle et tendre…

Cette photo que j'ai toujours sous les yeux au boulot, je m'en effraie, je m'en amuse aussi. Elle en dit long sur ce que je suis, mais elle le dit mal.

À une exception près, jamais personne ne m'a reconnu.

4. Éloge de la complexité

Il fait doux. L'hiver donne des signes de faiblesse, peut-être trompeurs. Le pommier de mon jardin sera bientôt en fleur. Cette année, j'espère qu'il ira jusqu'au bout de son projet et donnera des fruits. L'an dernier, j'ai vu fleurir pour la première fois un arbre qui était à moi. Émerveillement du jardinier débutant : j'en étais fier comme si j'avais fécondé chaque bourgeon moi-même. Mais en juin, il a tout avorté. Un coup de froid, un peu trop de pluie et hop ! c'est l'autodafé. Paulette dit que c'est normal. Que les pommes, c'est un an sur deux.

Chez Paulette, il m'arrive d'aller chercher en urgence quelque chose à manger, des légumes quand j'en ai marre de mes patates glanées, des œufs, parfois un lapin. Elle préfère qu'on le lui commande un peu à l'avance, ça lui laisse, comme elle dit, le temps de *se retourner*. J'aime bien l'entendre dire ça. On dirait qu'il lui faut se préparer psychologiquement, ou réfléchir à une stratégie d'attaque. À chaque fois, j'ai l'impression de passer contrat avec la mafia.

Le tout premier lapin est arrivé à l'improviste, il y a un an. Personne n'a vraiment eu le temps de *se retourner*...

Nous étions début mars, c'était un vendredi soir. Je venais de fermer mon magasin à La Flèche. En garant ma Dyane dans la grange, j'ai aperçu la moto... Typiquement le genre de surprise qui me coupe la respiration. R. a une clé de ma maison, que je lui ai donnée le jour où il est venu me rendre mon cahier. Ce soir-là, il venait de s'en servir pour la première fois.

En m'attendant, il avait eu le temps de contempler le vide polaire de mon frigidaire, d'examiner les étagères du buffet où des araignées galopent sur un vieux papier collant à petits carreaux rouges, au milieu des bouteilles. Il avait rassemblé sur la table le fruit de son enquête : un fond de pâtes vermicelles, un sachet de soupe périmé, des amandes effilées. Même pas de quoi préparer son *risotto*, spécialité hasardeuse qu'il improvise avec n'importe quoi. Il était vingt heures, il venait de se taper deux cent cinquante kilomètres et il avait faim. Les chiens, au moins, avaient leur pâtée : bande de privilégiés ! Tandis qu'il rallumait le fourneau à bois en ronchonnant, j'ai couru chez ma voisine.

Prise de court, Paulette m'a vu débarquer dans sa cuisine qui sentait la soupe. Elle a poussé de grands cris. Rien à manger ! Elle m'aurait donné la lune si j'avais pu la ramener sur mon dos. Je me suis contenté de carottes, fraîchement arrachées au potager. Sur sa table, une grosse forme était emballée dans du papier journal. Deux pattes poilues en dépassaient.

– J'ai bien c'te bête-là, mais elle n'est pas *préparée*...

Je ne voyais pas ce qu'elle voulait dire. Moi non plus, je n'étais pas préparé.

– Allez, je vous le donne quand même. C'était une commande pour mon beau-frère. C'est égal, j'en tuerai un autre demain. Vous saurez faire ?

Comptant sur les talents culinaires de R., j'ai dit oui. À Paris, c'était lui qui cuisinait. Évidemment, il sait faire cuire de la viande, mais en général sans poils autour…

Quand j'ai posé le lapin sur la table de ma cuisine, nous nous sommes penchés sur sa dépouille, perplexes. On aurait dit deux carabins avant leur première autopsie.

– Qu'est-ce qu'on va faire de lui ? ai-je demandé.

– L'enterrer dignement ?

Pendant que je me marrais, R. est allé chercher dans un tiroir deux petits couteaux dont il a frotté les lames l'une contre l'autre pour les affûter. Je continuais à regarder la bête. Ses gros yeux ronds étaient opaques, sa bouche entrouverte laissait voir ses dents jaunes. Quelle pitié que ce soit si joli, un lapin ! Avec un poisson ou une poule, on n'aurait pas eu tant de scrupules. J'avais posé les carottes de Paulette à côté. Le tout évoquait un tableau de Rosa Bonheur qui est à Bordeaux, on y voit deux lapins fauves contemplant avec enthousiasme un tas de carottes et un gros navet jaune. Sauf que dans son tableau, les lapins sont vivants. Nous, on faisait dans la nature morte.

– Il faut le déshabiller, a décrété R.

Mais par où commencer ? Je n'ai pas eu de grand-mère à la campagne, moi. Ce n'est pas dans la maison de retraite où je les ai toujours vus que mes grands-parents m'auraient montré comment on dépèce un lapin. Là-bas, les civets arrivent à table avec leur sauce dans une barquette en plastique. Quant à R., aussi débrouillard soit-il, ce n'est jamais qu'un Parisien…

– Fais chauffer de l'eau, me commande-t-il soudain.
– Et j'apporte du linge propre ?

C'est ce qu'on dit toujours dans les films quand une femme accouche à l'improviste. Je lui demande s'il compte le dépecer en l'ébouillantant, comme on émonde les amandes. Mais l'aventurier moderne ne se laisse pas arrêter par le sarcasme. Résolu, il reprend en main le couteau et renonce à l'eau bouillante.

Il faut fendre la peau quelque part et tirer dessus. De cela, nous sommes sûrs. Mais on a beau le tourner dans tous les sens, le lapin n'offre aucune boutonnière. Parmi ses poils drus, pas facile de repérer une ligne en pointillé et un pictogramme de ciseaux. Finalement, R. le remet sur le ventre, tire sur la peau de la nuque et y fait un trou. Le sang ne coule pas.
– Tu lui fais un piercing ?

Je vois ses mains trembler, je le regarde, étonné. Il rit tellement qu'il est incapable d'ouvrir les yeux. Il rit comme il jouit, les yeux fermés et presque silencieusement, et sur la liste de ses particularités adorables, ce n'est pas la moindre.

D'après moi, il faut ouvrir le lapin sur l'avant, de la gorge à la queue. Je prends le couteau et je retourne la bête. Comme il l'a fait dans la nuque, je pince le poil et je fais un trou. Mais j'ai dû aller un peu trop loin car soudain, voilà que le sang coule. Ce symptôme encourageant nous décide en faveur de ma méthode. Je continue l'incision. Le poil accroche aux dents du couteau. J'ai les mains poissées de sang. Les chiens aussitôt sont là : Staff, déjà, tournait depuis un moment près de la table en claquant des dents, maintenant Terry se met à japper.

Voilà la fourrure du ventre complètement fendue. Naïvement, je m'étais dit qu'après cela, il s'ouvrirait à la façon d'un colis de déménagement, lorsque s'écartent les deux rabats du carton dont on vient de couper le scotch.

– Il faut passer la lame sous la peau, suggère R.

On commence à voir apparaître un peu de chair. Une fois le ventre mis à nu, on contemple notre œuvre. Plus que jamais, on dirait une salle de dissection. R. se passe la main sur le front et reprend le couteau.

Ça ne rigole plus.

Pendant qu'il opère, je descends à la cave, en ramène une bouteille de Bordeaux blanc et une boîte de raviolis, miraculeusement retrouvée sur une étagère à côté d'un bocal de pêches au sirop que Paulette m'a donné, lesquelles pêches m'inspirent autant qu'un fœtus dans du formol. En remontant, je constate que R. a retroussé les manches de sa chemise noire jusqu'aux biceps. On dirait un bourreau nazi.

Je débouche la bouteille. R. sirote son vin sans rien dire, les yeux tournés vers le lapin. Je l'entends maugréer : « On est cons, ou quoi… »

Les chiens s'énervent. Je les prends par le collier et les tire dehors. Furieux d'être tenus à l'écart du centre de l'action, ils aboient dans la nuit. Je m'allume une cigarette et la fume aussi tranquillement que possible. Le sang a séché sur mes doigts. Avec un peu de chance, quand je reviendrai, tout sera fini.

Des étoiles pétillent. La lune s'installe. Un hérisson s'agite dans les buissons, je devine son pas oscillant, il marche comme un cochon ivre. Je pense à R. avec son couteau dans les mains, à son rire silencieux, à ses bras, à ses mains, je pense à la nuit qui nous attend. Je pense à Auguste Bonheur, le petit frère de Rosa, qui attendait que la nuit tombe pour promener discrètement dans les rues de Paris le mouton que sa sœur avait adopté. Il se disait *éleveur en chambre*.

Retour au front. Ça ne sent pas encore le rôti, mais on progresse : la peau est toute lardée de coups de couteau. Du travail de psychopathe. Je reprends l'instrument, R. se sert un autre verre et épluche des carottes pour se calmer.

Tout de même, il me semblait que c'était plus facile. Comment fait donc Paulette ? J'ai des remords maintenant. Il avait l'air tranquille, le lapin, dans son papier journal qui l'enveloppait comme un linceul. On aurait pu en rester là. Cela dit, autant qu'il ne soit pas mort pour rien. Suprématie du bétail sur l'homme : au moins, eux, ils meurent pour quelque chose.

– Je ne sais pas… Mais il me semble que dans les boucheries, on voit toujours de la fourrure sur les pattes des lapins, fait remarquer R., à bout de carottes.

Mon esprit logique se met en marche. Comment obtenir qu'un lapin conserve ses bottes fourrées tout en lui retirant le reste ? Je fais une découpe en rond autour des pattes, une petite incision à la jonction des membres. R. s'approche et se met à brailler comme si nous venions de redécouvrir la poussée d'Archimède.

– Il faut le tenir par les pattes ! La tête en bas !

Il s'empare de la bête et moi, je tire vers le bas. Miracle, la peau vient d'un coup. Mais arrivé au cou, je bloque.

– Tire, tire ! Je tiens !

Je n'y arrive plus. Soudain, j'ai peur de ce que je vais voir en dessous. Les yeux ronds sans regard dans lesquels j'ai plongé les miens tout à l'heure, est-ce qu'il va falloir les faire sauter au couteau ? Et ses dents jaunes, et ses oreilles, comment seront-elles, quand il n'y aura plus de poils autour ? Le cou, que j'ai endommagé tout à l'heure, continue à saigner.

– Bon. C'est toi qui tiens, et pends-le haut.

On échange nos postes. Il tire un grand coup.

– Lâche, maintenant, c'est fini.

Je reste devant la table, muet et immobile jusqu'à ce que R. me mette entre les mains un nouveau verre de vin.

Je bois cul sec.

Le lapin laisse voir toute sa mécanique, maintenant. C'est un rouage d'horloge mis à nu. Luisant, blanchâtre, sillonné de filaments rouges. *Écorché*. Le mot me frappe comme s'il était tout nouveau, qu'il venait de naître. Combien de fois l'ai-je entendu, pourtant ! Voilà donc à quoi ça ressemble, un *écorché vif* ? Ces yeux exorbités, ces veines à nu, ces muscles brillants comme couverts de bave d'escargot, c'est la souffrance faite spectacle, la faiblesse offerte. Je ne veux pas montrer ça, moi, à personne.

Affamé et écœuré, excité comme les chiens et pourtant désespéré, je suis au bord de la crise nerveuse. R. passe un bras autour de mon cou. C'est sa prise de catch préférée, qui se résout en caresse. Dans cette étreinte brutale puis douce, je pourrais mourir comme un martyr, un sourire béat sur les lèvres. Au lieu de ça, je revis à chaque fois. On reste là. Tout coule. Les minutes, le silence, le vin dans nos veines.

Un filet de sang sur le carrelage de la cuisine.

– Tu crois que je devrais réciter le *kaddish ?* chuchote R. à mon oreille.

Je recommence à sourire, quand soudain, une pensée horrible me traverse : il va falloir le *vider !*

Une demi-heure plus tard, R. sortait dans la nuit pour poser dans l'herbe une gamelle pleine de viscères et une tête de lapin qu'on avait dû couper, ne sachant pas s'il fallait elle aussi la vider, ce qui aurait été au-dessus de nos forces. Et pendant qu'il nourrissait les chiens, dans une casserole sur le poêle, chauffaient les raviolis…

Le lapin, R. l'a cuisiné le lendemain. Il a pris son temps. Mitonné avec patience, avec un reste de Bordeaux blanc et des carottes maniaquement tronçonnées, il était parfait. Depuis, Paulette m'a appris à faire le dépeçage dans les règles de l'art. Quand je sais que R. va venir, je vais chercher la bête, et je m'applique. Mais la tête, je ne peux toujours pas me résoudre à la faire cuire. À chaque fois, je la laisse aux chiens.

*

Dans les bois, on trouve en ce moment quantité de jonquilles. Elles jaunissent des prairies secrètes qui ressemblent à des étangs colorés. Elles se rassemblent en orchestres, en hémicycles, en conciles. Et parfois au détour d'un chemin, elles sont là, groupées par familles, drues et solennelles, de l'air de vouloir conquérir toute la terre.

Et ma joie à les voir est mêlée d'épouvante.

Les chevreuils me font le même effet. Ridiculement habiles, en deux bonds ils se mettent hors de portée, offrant à tous les vents le cœur tout blanc de leur derrière. Les chasseurs ont beau jeu d'ajuster leur fusil : la cible est offerte. Parfois, dans les creux d'un fourré, on trouve un faon ; terrifié, il ne respire même plus, espérant sans doute être devenu invisible comme les gosses qui croient disparaître en fermant les yeux. Sa mère n'est pas loin, elle lui a appris à ne pas bouger, ils croient qu'ils vont s'en tirer comme ça, que la fin ne viendra jamais, qu'il y aura toujours un lendemain, une inspiration après l'expiration. Ils n'ont pas l'air de savoir, les chevreuils, ce que c'est que la mort. Comme les jonquilles, tranquilles, splendides et sereins. On voudrait leur apprendre, leur montrer, saccager les fleurs et dégommer les faons d'une balle dans la tête, comme ça, pour qu'ils comprennent qu'elle peut venir à tout moment, la mort. Rien ne sert de courir ni de se cacher : leur calme regard et leur tranquille splendeur ne les protégeront pas plus que l'enfance ne protège les enfants. Parce qu'on meurt à tout âge, n'importe quand, n'importe comment.

Je déteste tout ce qui se croit immortel. Et la notion même d'abri. Et la sécurité. Et la confiance, et l'abandon. Et la simplicité du cœur. La sourde bêtise de ce qui n'a peur de rien, jamais : voilà ce qui m'effraie. J'ai peur des jonquilles, des chevreuils, des enfants.

Alors que j'étais parti marcher pour me calmer, je suis rentré en serrant les poings.

J'ai divorcé de la moitié de l'humanité, aujourd'hui.

Ça a commencé dans la nuit. Après un enchaînement de cauchemars particulièrement *gore*, constatant que mon film d'horreur intérieur était monté en boucle, j'ai fini par me lever. Il était quatre heures du matin. Le silence, les ténèbres. Vide absolu autour de moi. Sidéral, vertigineux. Une demi-bouteille de blanc plus tard, j'ai appelé R.

Il n'a pas décroché. Quelques secondes après, un message m'informait que mon crédit était épuisé. J'ai balancé le téléphone et je me suis recouché. Mais dès l'aube, ça s'est remis à flamber. Impossible d'adresser la parole à quelqu'un sans que quelque chose d'acide et de dévastateur ne sorte soudain de moi comme une langue de feu. Engueulade au bistrot avec le mari de la patronne, pour une histoire d'ardoise à régler, prise de bec chez Jean-Michel, à cause de ses petites affaires de cul, brouille avec Léontine au même motif, conflit ouvert avec un collègue qui me réclame du fric pour avoir vaguement endommagé sa camionnette... Un vrai record, homologué par la Fédération française du sale caractère.

Je n'y arrive plus. À m'équilibrer, me neutraliser. J'ai tourné à l'aigre, au vinaigre.

Je ne serai jamais de votre espèce, crétins qui gambadez sans souci dans les vertes forêts. Je ne veux plus entendre vos reproches, je ne veux pas de vos conseils, je refuse votre avis. Je ne suis pas votre semblable, vous n'êtes pas mes frères. Vous me reprochez d'être négligent, distant. Pas assez concerné, pas fiable. Buté, fuyant. Je ne suis pas où je devrais, je ne dis pas ce qu'on attend, je ne suis pas comme il faudrait. Et moi, je n'ai rien à dire pour ma défense, sinon cette vérité que je voudrais vous cracher à la gueule : *vous n'existez pas pour moi*. Je passe à travers vous, comme vous êtes passés à travers moi sans me voir.

Je suis un mec *compliqué*. Vous avez raison. Et je sais que pour vous, la complexité est une tare qui dissimule des vices innommables. Aussitôt qu'on se tait ou qu'on ne parle pas assez, on est soupçonné d'ourdir de noirs projets, selon l'adage *Méfie-toi de l'eau qui dort*.

Mais l'eau qui dort ne ment pas. C'est de l'eau lourde. Trop dense, trop pleine de choses pourries, décomposées : bactéries, frai de grenouilles, nénuphars, racines lacustres, lentilles d'eau, têtards. C'est de l'eau sale, mais c'est de l'eau riche. Je suis de ce genre-là, moi aussi : imbuvable.

Pas potable.

Je hais les âmes sans cicatrice, sans suture, sans divorce. Tous ceux qui sont faits d'un bloc. Ne voient-ils pas que le torturé ne torture que lui-même ? Que la société n'a rien à craindre, mais tout à espérer, de quelqu'un qui souffre de ce qu'eux-mêmes ne sentent pas ? *La société ne doit rien exiger de ceux qui n'attendent rien d'elle*, disait pourtant George Sand. Mais, ma pauvre George, la société exige malgré tout, tu sais bien. Elle est intraitable, insatiable, tyrannique.

Chacun doit faire un effort pour être comme tout le monde. L'harmonie sociale est à ce prix. Pourquoi, d'abord, est-ce que je ne sais pas prendre la vie du bon côté ? Comme les tournesols, pencher ma tête là où c'est bon, là où c'est chaud, la sentir grossir, s'enfler de graines, grouiller de petits moi-même et dans un ultime coup de nuque, lâcher ma semence, me reproduire et crever. Pourquoi est-ce que je ne sais pas faire ça, hein ? Allons, allons ! Pas d'excuse.

C'est comme une forêt où chaque arbre s'efforce de pousser droit. Vers le soleil, de toute sa vie d'arbre à chaque seconde, il se tend désespérément. Certains ont de la chance dès le départ : ils sont nés dans une clairière bien dégagée, rien autour pour les gêner. D'autres sont nés dans une sapinière : ils sont d'une espèce où chacun sait se tenir à sa place, il suffit de suivre le mouvement général.

Et pour d'autres, manque de bol : ils ont poussé dans les cailloux, au milieu des ronces, ou bien la foudre leur est tombée dessus. Le bel élan initial est foutu.

Tout est tordu.

*

J'ai renoncé à sortir, les champs sont trempés. J'avais commencé à restaurer des chaises de jardin en fer forgé. Mais être enfermé à l'atelier ne me vaut rien. J'en ai marre de gratter la rouille, d'avoir les ongles noirs, de respirer le Rustol. Chaque fois que j'allume une clope, je me dis que je vais foutre le feu à l'antioxydant, et c'est la seule idée rigolote de la journée.

La batterie de mon téléphone est vide, mon frigo est vide, mes poches aussi. Je vis en creux. Je suis le négatif d'une photo. Et j'ai tant besoin de ce que je n'ai pas, que je voudrais m'en priver à jamais.

Là, mon amour, tu me dirais que je deviens fou et tu n'aurais pas tort. Tu cognerais ma tête si fort contre la tienne que j'en aurais une bosse et toi, la migraine. Et puis, tout serait fini. Mais tu n'es pas là. Voilà des semaines que je t'attends, et mes mains restent vides, et mon corps se dessèche, réduit à une ombre étirée sur le mur. Il paraît qu'il y avait ce week-end dans Paris un gamin qui avait besoin de toi, un môme qui ne t'appelle pas Papa, qui ne porte même pas ton nom, et qui pourtant voulait que tu l'aides à souffler dix bougies…

*

La tête est la seule chose qu'on ne puisse pas vider.

Au moins peut-on choisir avec quoi la remplir. Alors depuis ce matin, je feuillette un gros catalogue d'exposition de Rosa Bonheur. Je me perds dans la terre retournée du *Labourage nivernais*. Je me souviens du choc que j'ai eu à Orsay en contemplant cette terre ocre et noire. Ce premier labour qui prépare la terre pour l'hiver, j'ai appris depuis qu'on appelle cela le *sombrage*. Les paysans ont comme ça de jolis mots pleins de ténèbres. Une terre pareille, grasse et farineuse, laide, en somme, je veux dire une terre qui sent la terre, je crois qu'il n'y en a pas d'autre exemple en peinture, sinon chez Courbet dans l'*Enterrement à Ornans*. Premier labour, dernier trou : remarquable cohérence.

Théophile Gautier, commençant à critiquer sa peinture, a ce mot superbe : *Mademoiselle Rosa Bonheur n'a aucun besoin de l'indulgence polie de la critique, et l'on peut la traiter sérieusement*. Voilà ce que j'appelle du féminisme. D'un bœuf qu'elle expose, il écrit : *Nous n'avons rien à lui dire. Qu'on l'attelle à une charrue !* Ses vaches de Salers, quant à elles, *ne font pas tableau* et se contentent *de ruminer sans souci du spectateur…* Oui, ses vaches font ce qu'elles ont à faire, elles ne sont pas là pour l'Art. Chez elle, tout est là pour soi-même, sans arrière-pensée esthétique ou philosophique. Gautier est à mon sens le seul critique qui ait compris ce qu'était véritablement l'art de Rosa, ou du moins ce qui, dans cet art, me touche le plus. La sincérité, l'honnêteté.

Et malgré cette naïveté, ou en vertu d'elle, il y a dans les tableaux de Rosa quelque chose d'obscurément inquiétant.

Particulièrement sensible dans ses portraits de moutons et dans cette statue de bélier couché que je rêve de caresser, il y a dans son travail une reconnaissance, une soumission aux forces obscures, à l'œuvre partout dans la nature. De même que, dans ses tableaux de chevaux cabrés, il y a la rébellion, la violence, l'insoumission de la vie. Ainsi, en dépit de leur apparente bonhomie, ce sont des œuvres violentes.

Voilà ce que je sais de son art, voilà ce qui fait sens pour moi. Je n'ai pas d'autre raison de l'aimer que l'illusion que j'ai de la comprendre.

En outre, je crois partager avec elle le même amour des animaux. Je veux dire, un amour de même qualité. Et, quoi qu'on en dise, c'est une chose assez rare, cela.

Je ne me suis jamais reconnu dans le portrait qu'on fait habituellement de l'ami des bêtes. *Plus je connais les hommes, plus j'aime mon chien.* C'est une phrase qu'on prête à Blaise Pascal, reprise en chœur par un tas de mémés aigries, serrant leur caniche rose sur leur poitrine flétrie. Moi, plus je connais les chiens, plus je *me* connais. Avant tout, je ne les aime pas parce qu'ils sont à moi ou parce qu'ils m'obéissent. J'aime les hirondelles qui nichent dans le coin de ma fenêtre et chient sur ma vitre, j'aime les chats qui se battent dans la nuit, j'aime les souris qui grignotent mes patates à la cave, la moindre bestiole qui passe, et le moindre museau, et le plus petit coup d'aile. J'aime tout cela parce que ça vit. J'aime les lapins, les cochons, les poules, les vaches, parce que ça meurt et me nourrit. Je les bouffe sans scrupule, mais avec respect, comme on communie, comme on consomme le sacrifice.

Elle disait ça dans sa peinture, Rosa : l'animal, c'est la vie. Aime-les, bouffe-les, c'est pareil. Tu es humain, et pour que tu vives, d'autres autour de toi sont morts ou vont mourir.

La vie, c'est violent.

Voilà sans doute pourquoi elle gardait un lion chez elle… Et pourquoi, moi, j'ai un amstaff. On a les lions qu'on peut.

*

Avant moi, Staff a eu cinq ou six maîtres. Le dernier l'a gardé trois mois avant de me le refiler, comme dans ce jeu où l'on se débarrasse de la mauvaise carte en la fourguant à son adversaire. Le Valet noir, je crois que c'est le nom français. Quand j'étais petit, on jouait avec la version allemande appelée *Schwartz Peter*, c'est-à-dire Pierre le Noir… Je me souviens que j'avais fini par nourrir une profonde sympathie pour ce pauvre homonyme isolé, seule carte sans jumelle dans le paquet, si bien que j'étais fier de perdre. Prémonition, sans doute ? Les jeux de cartes les plus stupides ont toujours quelque chose de divinatoire.

Je crois qu'une fois encore, j'ai perdu. La partie est terminée. Staff est à moi. Son dernier propriétaire a mis les voiles et je doute de le revoir un jour.

Il s'appelait Erwann.

Il était cuistot à *La Chaumière.* Jean-Michel l'avait rencontré en Bretagne, où le jeune homme, étudiant en rien de spécial, promenait sa celtitude sur les plages. Vendeur de chichis, de bracelets brésiliens, livreur de pizzas, joueur de fifre irlandais, pourvoyeur de shit, il a fait un peu de tout. Cette forme de dilettantisme, il appelait ça sa liberté. C'était un type ouvert, tellement ouvert que tout le traversait.

Chaque été, à la fin du mois de juillet, La Flèche se transforme en lieu de spectacle à ciel ouvert, le temps d'une manifestation populaire. Ça s'appelle le Festival des affranchis. Jean-Michel m'en avait beaucoup parlé quand j'ai emménagé. Il faut dire que, non content de faire le plein à la crêperie tous les soirs, il vendait des sandwichs dans la journée. C'était en prévision de ce coup de bourre qu'il avait embauché Erwann. Mais l'été dernier, le coup de bourre s'est transformé en déferlante et j'ai été appelé en renfort pour seconder Léontine. Pendant le festival, nous étions donc cinq à la crêperie : Léontine et moi naviguions des cuisines à la salle, Erwann faisait les crêpes avec Jean-Michel, tandis que Sylvie, sa femme, tenait la caisse.

Ce n'était plus une chaumière, c'était l'usine.

Les soirs, comme la terrasse était pleine et qu'on n'avait pas le droit de déborder sur les pavés, la salle était bondée. Mal ventilée, c'est une sorte de caveau humide, comme ma boutique juste à côté. L'été, avec la chaleur des cuisines, c'est presque irrespirable. Ça sent l'huile chaude, le beurre, le miel et l'andouille. Redoutable, l'odeur de l'andouille – à vous coller la nausée, surtout mélangée à celle du Nutella fondu… Pour échapper à ce supplice, Léontine et moi nous disputions la terrasse. C'était chacun son tour, un soir sur deux. Elle m'apprenait les ficelles du métier, les tirait aussi, en douce. Pour servir, j'étais devenu sa marionnette, elle me disait ce qu'il fallait faire, ce qu'il fallait dire et même quand il fallait sourire. Sans elle, je me serais contenté d'apporter ou de retirer des assiettes, or le métier de serveur est plus complexe que cela. Il requiert des trésors de patience et de sensibilité, une forme de télépathie parfois, un culte de la complicité plus ou moins authentique. Des sourires, des regards, tout est prétexte à exercer des vertus rares.

Erwann restait aux fourneaux, sifflotait en étalant ses galettes, Matmatah en fond sonore sur son *ghettoblaster*, machine aux enceintes hypertrophiées qui dévide mortellement les cassettes et ne consent à éjecter les disques que si on tape dessus d'un coup sec. Il avait l'air d'un pirate, ses cheveux blonds et poisseux retenus par un bandeau fabriqué dans un vieux torchon. Les manches de ses tuniques indiennes retroussées jusqu'aux coudes laissaient voir des bribes de tatouages artisanaux pas très propres. Quand Jean-

Michel reprenait la main et l'envoyait faire une pause, il allait se rouler un pétard dans l'arrière-cour de *La Chaumière*.

C'est dans la même arrière-cour que j'attachais Terry. Erwann attachait le sien dans le coin opposé.

Et son chien, c'était Staff.

Il ne s'appelait pas encore Staff. Je ne sais pas s'il avait un nom, en tout cas je ne l'ai jamais su. Erwann en avait hérité trois mois plus tôt, par une nuit de la Saint-Patrick bien arrosée, où le patron d'un *irish pub* le lui avait cédé, suite à un pari, prétendait-il. Erwann, chez qui les bons sentiments le disputaient à l'irresponsabilité, avait adopté sans sourciller cette machine de guerre à pattes.

Terry et lui cohabitaient assez mal. Attachés, l'un à un piquet, l'autre à une poignée de poubelle, ils se défiaient du regard. Erwann me disait souvent : « Si je lâche mon clebs, il va bouffer le tien. » Ça m'aurait beaucoup étonné, mais je ne disais rien pour ne pas le contrarier.

Un soir, il devait être un peu plus de minuit, je me sentais puer la graisse jusqu'au bout des cheveux. Je suis sorti fumer dans la cour. Erwann était en pause, lui aussi. Son poste à CD continuait à brailler sa musique préférée. J'avais piqué un trois-quarts de bière au passage en cuisine, et j'ai commencé à me rafraîchir la gorge à la mousse.

Il me voit faire, m'interpelle :

– Tu bois tout seul ? T'es pas pour le partage, toi ?

Il me présente son joint comme on tendrait un bâton de relais. Je lui réponds que je suis pour tout ce qu'on voudra, mais que j'ai mes préférences : la bière, ça me va bien.

– Mais l'alcool, c'est dégueulasse, ça te fout en l'air ! C'est triste, l'alcool !

Et là, il se met à me chanter du Matmatah : *Un pétard ou un Ricard, si t'as vraiment le cafard, à choisir y'a pas photo, moi je choisis le marocco.*

Des raisons d'oublier sa peur, il y en a plein le cœur des hommes. Chacun a ses solutions. Je persiste à préférer l'alcool, mais je ne suis pas contre les mélanges, si ça peut faire plaisir. Je tire un peu sur son pétard, après tout, c'est presque écologique. Comme on s'est rapprochés, curieusement nos chiens cessent de grogner l'un contre l'autre. Erwann me pique la bouteille de bière, histoire de rendre le partage équitable.

– Dommage que tu sois pas Léontine. Têter de la bibine avec elle, ça doit pas être dégueulasse.

Apparemment, c'est un poète, me dis-je *in petto.*

On dit que boire dans le même verre fait connaître les pensées de l'autre. Ça ne doit pas marcher quand on boit au même goulot, car il me demande :

– Bon, Pierrot, tu peux me dire, alors… Léontine, tu te l'es faite ?

Je me marre. Il tire sur son joint, perplexe. Je lui fais remarquer que, comme Terry, il a trop de poils devant les yeux pour bien voir. Il est là depuis deux mois et il n'a pas encore compris que, si quelqu'un *se fait* Léontine, ce serait plutôt Jean-Michel. Quant à moi, dans cette seule perspective, les femmes ne m'intéressent pas. Il se met à brailler aussitôt, je regrette de lui avoir donné ma bière. Il y a des gens qui perdent toute mesure dès qu'ils ont un milligramme d'alcool dans le sang.

– Oh, *fatch !* Vas-y, répète ! Alors comme ça le boss, il se tape Léontine ? Et toi, t'es…

Je déteste quand les gens ont ce genre d'hésitation. Du coup, je les laisse finir leur phrase comme ils peuvent, comme des cons. Qu'on ne compte pas sur moi pour combler les trous. Mais je m'aperçois vite que ce qui fait trébucher Erwann, ce n'est pas du mépris, ni même de la gêne, mais de la curiosité. Erwann appartient à cette race d'humains, souvent moqués mais attachants, qui croient que les expériences enrichissent.

Il en bredouille.

– Attends, mais c'est puissant ! Je savais pas, excuse ! T'es cool, toi.

Me voilà promu *cool*. Sommes-nous peu de chose…

À deux heures du matin, après le coup de balai, chacun rentre chez soi. Jean-Michel et Sylvie montent se coucher, Léontine prend son vélo et file, son petit nez en trompette au vent de la nuit. Erwann détache son chien dans la cour tandis que j'ouvre la porte de ma réserve, dans l'idée de dormir dans ma boutique, comme après chaque fin de service. Il me suit.

Je suis trop vanné pour poursuivre une discussion sur les mérites du chichon et les seins de Léontine. Cependant je le laisse entrer, pensant qu'il cherche un abri pour la nuit. Au magasin trône une méridienne rococo aux ressorts saillants, et dans la remise, une banquette plus confortable où je passe mes nuits quand je ne veux pas rentrer chez moi. Je suis tout prêt à lui céder la méridienne. Mais avant d'en arriver là, il veut s'en fumer un dernier. Qu'à cela ne tienne, je le laisse faire, me retire dans ma pièce borgne envahie de fatras, commence à me désaper en surveillant du coin de l'œil le comportement des deux chiens qui, libérés de leurs chaînes, se flairent le cul avec des mines intimidées. Je jette un coup d'œil à mon invité, qui paraît plongé dans la contemplation de la publicité *Thank you Satan*. Il se frotte des doigts son semblant de barbe blonde.

– C'est con que t'aies pas plutôt un seul grand lit, finalement ! me lance-t-il du fond de la salle.

Pour qui me prend-il ? Je grogne aussitôt :

– Désolé, je suis pas assez bourré pour ça.

Il rit.

– T'en fais pas, c'est cool. Ce sera pour une autre fois.

Sidéré, je me couche en me demandant quelle sorte de loup je viens de faire entrer dans ma bergerie.

La semaine passe. Je croise Erwann au hasard des rues. Il tourne autour des forains, fait un peu de *business*. Il assiste aux spectacles et siffle dans ses doigts quand ça lui plaît. Une fin d'après-midi, j'ai la surprise de le voir auprès d'un cracheur de feu, qu'il assiste. Puis c'est lui qui se met à jongler avec des bouteilles en plastique d'alcool à brûler, heureusement vides. Il est plutôt doué. C'est bientôt l'heure du service, je m'étonne de le voir traîner. Il nous rejoint en cuisine à dix-neuf heures, Jean-Michel est déjà en rogne, mais il en faut beaucoup plus pour refroidir un Breton bouillant.

– Ils sont trop cool, ces mecs, je taillerais bien la route avec eux, me confie-t-il.

Je décode : il va partir avec les forains.

Gentiment, il me demande ce que je veux écouter, ce soir il a envie de me faire plaisir. Moi, spontanément, j'aurais bien dit Édith Piaf, mais je sens qu'il n'aura pas ça en stock. Il me laisse fouiller dans sa boîte où s'entassent cassettes antiques et copies de CD. J'opte pour une obscure version pirate de Noir Désir en concert. Le son est pourri, mais un seul mot gueulé par Cantat et mes poumons s'ouvrent, mon cœur avec.

La soirée se déroule, fiévreuse, hystérique, puante, chaude. Léontine a ses coups de gueule, Jean-Michel raconte ses blagues sur les blondes, Erwann rate des crêpes ; c'est la première fois qu'il en rate autant, il a la tête ailleurs. On me laisse le soin de préparer le « cocktail Chaumière » : chouchenn-whisky avec une tranche de pomme dans le bol ; histoire de finir les culs de bouteille, j'en prépare pour nous cinq. Jean-Michel va porter le sien à Sylvie, offrande à la femme trompée qui ferme les yeux. Je tape sur la touche « replay » du ghettoblaster et augmente encore le volume sonore, je veux réentendre pour la douzième fois *Un homme pressé*. Je braille en play-back : *Qui veut de moi et des miettes de mon cerveau…*

Erwann fait sauter ses crêpes en rythme, chante les refrains avec moi. Sur les trajets salle-cuisine, je siffle les fonds de verre, tandis que mon acolyte dévore des cubes d'emmenthal. Jean-Michel grogne : jamais il n'aurait dû embaucher en même temps un Breton et un Alsacien, on va lui couler la boutique. Léontine vient râler : la musique est trop forte, on ne s'entend plus en salle, les clients se plaignent… Mais à peine en cuisine, elle se laisse amadouer. « On se marre bien avec vous, les mecs, ça me change », déclare-t-elle, les yeux rieurs. Erwann l'attrape par la taille et cherche à lui voler un baiser, elle se dégage et atterrit dans mes bras. Au même moment, Jean-Michel arrive. Effaré, il me lance un regard d'enfant perdu, presque touchant. L'odeur des cheveux de Léontine me monte au nez, mes bras serrent sa taille fine, mes mains frôlent sa poitrine. Les yeux de Jean-Michel sont pleins d'incompréhension, il esquisse un sourire maladroit qui me donne envie de chialer. J'ai trop le respect des sentiments pour jouer à le rendre jaloux. Je lâche Léontine, qui me jette un regard amusé.

Deux heures. Fin du service.

L'adrénaline ce soir nous tient éveillés. Erwann n'a presque pas fumé, peut-être à court de carburant. Encore une fois il me suit, nos chiens sont habitués l'un à l'autre. Nous aussi. Dans ma boutique, je n'allume pas la lumière, le réverbère de la rue, devant l'église, suffit à se repérer. À la lueur de son briquet, Erwann éclaire la publicité punaisée sur le mur.

– Je voulais te demander, la dernière fois… C'est pas toi, par hasard ?

C'est qu'il en voit des choses, quand il écarte le rideau de ses cheveux ! Je me demande si, en disant oui, je vais atteindre dans son estime l'extrême pointe du *cool*, une sorte de nirvana du zen. Ou bien s'il va me sortir un couplet sur les dérives de la société de consommation.

– Je me disais bien. En plus jeune, quoi.

Plus jeune… Cinq ans, ça se voit donc tant que ça ?

Assis tous les deux sur la méridienne, on cause. Il me parle un peu de lui. Dans son discours, il y a toujours plus de futur que de passé. Chez moi, il n'y a que du présent. Il parle d'apprendre à cracher du feu, à perfectionner son jonglage, il parle de partir le lendemain pour quelque part avec des types qui ont une roulotte, une vraie, tirée par des chevaux. Il sort le *pot* ; finalement, il lui en restait. Je passe mon tour presque à chaque fois, le manège de chevaux de bois tourne déjà assez vite, j'ai un peu abusé du chouchenn-whisky. Il me dit que je devrais venir, moi aussi. Tout lâcher, marcher toujours, ne rien posséder, aller au-devant des autres. Comme Théodore Monod, je lui dis.

– Qui c'est, çui-là ?

Je renonce à lui expliquer, considérant le piercing qui termine ce beau sourcil blond qui se hausse d'étonnement. À quoi bon ? Je me sens vieux, tout à coup. Il reprend malgré tout :

– Mais sérieux, Pierrot, penses-y. Tailler la route. T'es fait pour ça, ça se voit.

Je le prends comme un compliment, mais il se trompe grossièrement. Le collier qui me retient ne se voit pas, mais moi je le sens. Erwann laisse voir ses dents pointues dans un sourire mignon. Je ne sais pas s'il a compris. Mais ce Breton a quelque chose d'extralucide, peut-être à mettre sur le compte du THC.

– Tu peux pas, hein ?

Je me tais ; il prend acte.

– C'est ton *dharma*. T'as sûrement un truc à accomplir ici.

Sa spiritualité, mélange de culture celtique, de foi rastafari saupoudrée d'hindouisme, me semble franchement bordélique. Mais là encore, je laisse dire. Il a peut-être raison.

Il laisse rouler sa tête, du dossier de la méridienne jusqu'à mon épaule.

– On dort ?

Je n'ai pas le temps de me demander ce que ça signifie pour lui. Je le vois défaire ses chaussures, sa tunique qui pue la crêpe, s'allonger sur les coussins sales. Il me fait un oreiller avec le pull que j'ai quitté, m'aide à m'allonger à mon tour le plus confortablement possible malgré l'exiguïté du couchage, puis s'endort en me serrant la taille. J'ai l'impression d'être un doudou vivant. Je ne proteste pas. Jusqu'ici c'est gentil, enfantin, amical. Les risques de dérapage sont limités. À moins qu'il y mette vraiment du sien…

Il n'y mettra pas du sien. On dormira pour de vrai, peut-être pas pour de bon, la faute aux ressorts assassins qui nous meurtrissent les côtes, et au manque de place. Le matin ensoleillé nous réveillera. Il se lèvera, remettra ses chaussures, sa tunique en coton indien qui sentira toujours la crêpe et puis se penchera vers moi :

– Pierrot ? Tu peux garder le chien ?

Encore endormi, je dirai oui, sans savoir jusqu'où va le futur proche.

Alors, je voudrai me rendormir, mais il poursuivra :

– Bon, ben *kenavo*, alors. On s'embrasse ?

Et moi, toujours conciliant, je me retrouverai à dix heures du matin, appuyé sur un coude dans une méridienne, recevant d'un Breton à genoux devant moi, un baiser profond qui sentira la crêpe, la *beuh* et le whisky.

Joli souvenir, oui, quoiqu'un peu pâteux.

Le soir, à *La Chaumière*, Jean-Michel était en pétard. Sa femme lui ayant fait remarquer qu'Erwann était parti sans toucher son chèque de la semaine, il s'est finalement calmé. Léontine, philosophe, estimait qu'il fallait s'y attendre, que ça ne pouvait pas durer. Moi, j'étais content, parce qu'à la boutique il m'avait laissé son ghettoblaster et, dedans, le disque de Noir Désir. Et, en prime, un chien d'attaque.

*

Avec Paulette, ce matin, nous avons parlé des champignons, de la piéride du chou, du temps qu'il fait, de celui qu'il va faire, de l'influence de la lune sur les plantations, sans compter diverses considérations sur ce qu'elle appelle *les choses qu'on entend*, à la télé bien sûr. En rentrant, dans les prés, j'ai vu qu'on avait sorti les vaches : le printemps est donc bien là. Elles ont leurs veaux avec elles. Pas pour longtemps…

Entre-temps, le facteur était passé : j'ai trouvé dans ma boîte une lettre de R. Événement rarissime.

Il m'écrit d'Aragon, où il couvre un congrès mondial sur la torture ou je ne sais quoi. Séjour sans précision de durée, propos sans futur, sans promesse, sans avenir. Il se contente de me décrire ce qu'il voit, ce qu'il sent, comme s'il était le prolongement de mon œil, de mon cerveau, en ces contrées lointaines où je ne foutrai jamais les pieds. Je ne savais même pas où c'était, moi, l'Aragon. Pour moi, c'est un poète, pas une région. J'ai cherché un vieil atlas et je suis tombé sur des photos délicieusement surannées des Pyrénées espagnoles. Les lieux me semblaient vaguement familiers : je les avais déjà vus, en peinture, dans des tableaux de Rosa Bonheur.

Rosa peignait des paysages comme on en voit dans les cartes postales colorisées : c'est plus que kitsch, c'est féerique. Peut-être parce qu'elle y a été heureuse, ses Pyrénées ressemblent à la Comté des Hobbits de Tolkien. C'est un pays de conte de fées, ou de sorciers. Elle y est venue en 1850, quittant Paris après que, par une coïncidence étrange, son père et celui de Nathalie se furent succédé dans la mort. Dans la vallée de l'Ossau, endossant le costume d'homme, les deux femmes louent des chevaux et parcourent la région *à califourchon comme de vrais cavaliers*. Parfois, par économie, elles partagent la même monture. On parlait d'elles du côté d'Eaux-Bonnes comme de *deux garçons bizarres*, s'arrêtant sous la pluie pour dessiner – Nathalie *faisait les fonds*, tandis que Rosa croquait les animaux sur le vif. De leur périple, Nathalie écrit à sa mère, et poste à chaque étape des lettres signées ainsi : *Tes deux filles qui t'aiment*. Parfois, Rosa ajoute un mot à cette correspondance filiale. Je me souviens de celui-ci : « *Sans le savoir, vous m'avez donné une amie qui me rendra heureuse toute ma vie.* »

Toute ma vie.

Oh ! si la lettre de R. pouvait s'achever ainsi ! Mais pas de post-scriptum à son courrier d'Aragon, seulement une vague formule : *À bientôt...*

Qu'est-ce que ça veut dire, « bientôt » ? C'est quand ? Voilà un mois et demi que je ne l'ai pas vu, que je ne lui ai pas parlé, que je n'ai de lui que des messages sibyllins. Au lieu du mont Perdu en carte postale, j'aurais voulu des sommets de sentiments solennels, des montagnes de certitudes, j'aurais voulu du marbre, de l'airain ! Je n'ai qu'un filet d'eau dans les mains qui m'échappe toujours. Telle est ma pénitence. Parce que je n'ai pas su y croire lorsqu'elles m'étaient faites, je suis à tout jamais privé de promesses...

C'est R. qui m'a cité un jour cette phrase de Sacha Guitry : *La fidélité n'est rien d'autre qu'un manque d'occasions.*

Ça m'avait amusé, sur le coup. Pour bien des gens, ça doit être marqué au coin du bon sens. Pour moi, ça n'est qu'une blague. Les occasions, qu'elles se présentent ou non, n'altèrent en rien cette fidélité-là, la mienne, qui n'est même pas une qualité morale. C'est un instinct. Un truc profond qui vient de loin et surtout, qui vient tout seul. On s'habitue à l'inconstance, mais la fidélité est innée. Il n'y a qu'à regarder les bêtes pour comprendre. Les chiens se laissent volontiers caresser par d'autres, mais ne les suivront jamais. Ils n'ont qu'un seul maître, c'est bien assez pour remplir leur vie. Ils craignent trop d'en être abandonnés pour se permettre d'être infidèles.

On me dira sans doute que c'est une conception réductrice, que l'humain a besoin de variété, que l'amour est un état qui ne dure pas. Peut-être a-t-on raison. Mais je sais ce que je sens. Je sais aussi ce que j'ai fait, pourquoi je l'ai fait. De quelle race je suis. R. l'ignore, parce qu'il est le maître. Mes chienneries sont en dessous de lui.

*

À la fac, j'avais quelques amis. Pour eux, j'ai vaincu ma timidité et mon goût de la solitude. On m'invitait, j'acceptais, surtout quand R. était en reportage.

C'est lors d'une de ces soirées que j'ai rencontré Jalil.

Il était étudiant en histoire, nous avions le même âge. Au cours de la soirée, l'effet boussole a opéré. Je parle de ce champ magnétique qui se met en place quand on sent qu'on a le même point cardinal. Certains sont orientés tous azimuts, comme Erwann : ça affole un peu l'aiguille de la boussole. Mais dans l'ensemble, c'est un système relativement fiable… Ces rapprochements subits ont quelque chose de mystérieux et de pathétique en même temps. Ça m'attriste toujours un peu, comme tout ce qui est trop prévisible.

Puisque c'était inévitable, Jalil n'a pas tardé à me rejoindre à la cuisine, où j'avais endossé le rôle du *bon copain,* celui qui lave les verres et prépare les toasts. Une position confortable. Les timides passent souvent pour des gens serviables. Donc, nous voilà, Jalil et moi, coincés entre l'évier et le réfrigérateur de la colocation, assis devant nos deux piles de pain de mie, armés de couteaux à beurre. La discussion s'engage : mérites comparés de nos deux matières d'étude, qui on connaît parmi ceux de ce soir, d'où l'on vient avant d'être parisien. Typiquement le genre de conversation « qui sommes-nous, où allons-nous » de début de relation amicale-et-plus-si-affinités. Au bout d'un quart d'heure, je me rends compte qu'il me drague. Gentiment, efficacement. Draguer, on dit ça aussi pour l'eau. Quand on drague, ça remue des tourbillons au fond et on remonte des cadavres.

Comme je suis une huître déjà ouverte, je ne peux plus refermer ma coquille. Alors, je fais ce qui reste aux huîtres : je me rétracte. Jeu du *Ni oui, ni non*. Je suis évasif, allusif, j'élude. Il n'insiste pas. Après tout, son radar l'a peut-être trompé : si ça se trouve, je suis un puceau qui attend la femme de sa vie. Il se retire après un sourire désarmant, et moi je reste là avec mes toasts. Je me sers une bière pour fêter ça.

Quand je rejoins le groupe, tout le monde me regarde.

Aussitôt, je me dis que j'ai dû faire quelque chose d'ignoble et d'impardonnable ; je cherche mais hormis cette conversation avortée, je ne trouve rien. On m'agite une revue sous le nez. Un magazine féminin, avec des pubs toutes les trois pages. La fille qui nous a invités l'a montré à tous, telle une pièce à conviction qu'on fait passer aux jurés. Faites entrer l'accusé.

– C'est vrai que t'es mannequin ?

C'était donc ça… Je minimise, ou plutôt, je me crois obligé de corriger. Mannequin : au mieux, ça fait prétentieux ; au pire, ça fait poupée. Je ne suis pas *mannequin*, je fais des photos, c'est tout. Ça paye bien ? me demande-t-on. Oui, ça paye bien, mais pas souvent. Et à part ça, quelqu'un veut des œufs de lump ?

Après cette discussion, Jalil s'est retrouvé accroché à moi comme un poisson à un ver de vase.

Je l'avais harponné sans le vouloir. Dans la connaissance superficielle de l'autre, la page de pub en a rajouté une couche. Un masque sur un masque. Et il est tombé amoureux de ces masques. Enfin, amoureux est un bien grand mot. Ça devait être, j'imagine, une sorte de crispation, une *cristallisation,* aurait dit Stendhal. Une fixette. Après cette soirée, il n'a plus fait que me croiser « par hasard », à croire que la Sorbonne était une cour d'école.

Ce mois-là, R. était à l'étranger : Jordanie, Syrie, Liban. Il travaillait de façon régulière pour une agence qui l'emploie encore maintenant, où ses notions d'arabe et d'hébreu en font une sorte d'homme à tout faire au Proche-Orient. Son nouveau statut de reporter le rendait très fier – et moi très malheureux, ce qui n'est pas une excuse pour ce qui va suivre.

Jalil était devenu si collant que je n'arrivais plus à m'en défaire. Sur mon chemin, il était partout. Le plus souvent, il ne me disait rien du tout. Il me regardait. J'étais devenu l'objet d'une passion muette mais peu discrète : tous mes copains de fac avaient repéré son manège. On me traitait de bourreau, moi-même je me faisais honte. Combien de fois, dans un couloir surpeuplé, entre deux cours, ai-je laissé des messages sur le portable de R., sachant qu'il ne pourrait même pas les écouter, juste parce que j'avais remarqué que Jalil était derrière moi et qu'il n'en perdait pas une miette ? Je voulais m'en débarrasser et je voulais qu'il comprenne, c'est tout. Qu'il comprenne quoi ?

Montrer qu'on aime et qu'on est aimé, c'est se donner un prix. Ça fait monter les enchères. Je le sais depuis que je vends des déchets, dont la seule valeur est d'être désirés.

Souple et beau métis à la peau sucrée, au sourire joyeux, Jalil n'avait rien de repoussant, au contraire. Pas con, avec ça, pour autant que j'ai pu en juger. Ça a dû me flatter, j'imagine. Je me méprise, d'écrire ça. Comme si être adoré d'un crétin laid n'était pas, au fond, tout aussi flatteur ! Se laisser désirer, c'est faire plaisir. Choisir par qui on accepte de l'être, c'est mesquin.

Le long des corridors obscurs qui longent les amphis ou serpentent en sous-sol, j'allais droit devant moi sans rien regarder, retranché dans ma forteresse d'amour partagé. Adossé à un mur décrépi, entouré de ses amis, Jalil se taisait brusquement pour me regarder passer. De tout mon corps, je sentais son regard sur moi. Il se faisait un silence dans lequel j'avançais, et mon dos frissonnait lorsque j'avais dépassé son groupe.

Il faut croire que ça me plaisait, d'être un fantasme de couloir. Plus jeune, mon corps était une masse dont j'ignorais les contours et qui n'intéressait personne. Cette année-là, j'avais vingt ans, mon corps me faisait gagner de l'argent. Cette année-là, j'étais désiré. Surpris, grisé, j'ai dû perdre la tête, je ne sais pas… Un moment d'égarement ?

Je me satisferais bien de toutes ces raisons, si je n'avais pas l'impression d'être en train de mentir. La vérité, c'est qu'il faut manquer dramatiquement de confiance en soi pour avoir besoin d'être aimé par quelqu'un qu'on n'aime pas.

Enfin il y a eu cette soirée, organisée par des étudiants en ethnologie. J'ignorais qu'il y serait. Si je l'avais su, est-ce que j'y serais allé ? Probablement pas.

On fêtait une soutenance de thèse. La soirée avait lieu dans les locaux d'une association, « Entraide africaine » ou je ne sais quoi. Petit discours du docteur fraîchement émoulu, cocktail au vin de palme, rhum planteur. Ambiance agréable, bienveillante, gentille. La copine qui m'avait traîné là sortait avec un Malien et m'a abandonné au bout de quelques minutes. Au milieu de la foule, parmi d'autres étudiants en histoire, en ethno, en philo, j'ai reconnu Jalil. Il était avec une bande de copains, des joueurs de djembé qui s'étaient installés dans un coin avec leurs instruments. Il était debout près d'eux, pantalon noir et chemise noire, un peu *black panther*, avec sa ligne de barbe à la Othello qui lui fendait le menton et remontait en pointe le long des joues. Je me souviens m'être dit en l'apercevant qu'il avait un plus gros *potentiel* que moi, pour reprendre le terme de Gégène. Ses yeux erraient dans la pièce et quand il m'a vu, son sourire s'est effacé. Au degré de désespoir où j'avais conduit nos relations, j'imagine que ça ne lui faisait plus très plaisir de me voir.

Le thésard avait rapporté de ses voyages quelques curiosités musicales, qu'il nous a fait écouter. Ça dansait un peu, à la bonne franquette. Puis les Africains du groupe ont imposé leur propre tempo, tout en cadence et gravité. Le rythme s'accélérait, on a eu droit ensuite au concert de djembés. Une vraie musique de transe. Comme c'est mon habitude dans une situation dérangeante, je me suis rué sur le buffet. Je m'empiffrais de poulet et de *pâte rouge,* arrosant chaque plat épicé d'une rasade de vin de palme. Enfin, amolli, vaincu, apaisé, j'ai dansé avec les autres, avec tout le monde. À l'européenne, c'est-à-dire n'importe comment. Seuls les Africains conservaient un peu de noblesse.

Jalil était à mes côtés, maintenant. Il ne me dérangeait plus, il était devenu une flamme dansant dans le même foyer. Dans toute cette ombre, ces formes mouvantes, cette chaleur, cette sueur, une voix m'a murmuré des choses à l'oreille. Une main a pris mon bras. Jalil était collé à moi et je ne l'écoutais pas. Je me suis retrouvé face à lui. Je le regardais sans le voir, dans le flou, conscient tout de même qu'une sorte de fatalité était en train de se jouer. Autour de nous, ça s'empoignait aussi, se poussait, se tirait, on riait ou on dansait, chacun en était à vivre comme il pouvait des émotions primaires. Il fallait s'y attendre. On était quand même là pour fêter un type qui avait consacré trois années de sa vie aux marabouts de Paris.

Les mots de Jalil à mes oreilles étaient des vagues s'écrasant sur un rocher. Aucun sens, mais leur insistance m'érodait lentement.

J'ai suivi son bras, son geste, son corps, sa voix. Je ne sais plus ce qu'était cette pièce où nous nous sommes retrouvés. Je sais juste qu'il m'embrassait. Oui, je me souviens des sensations, de rien d'autre, le goût du vin de palme dans sa bouche, sa peau chaude, ses mains baladeuses. Les tambours nous poursuivaient. Ils remplaçaient les battements de mon cœur, étrangement muet. Jalil me caressait, me déballait, me dénouait. Ma volonté s'effritait dans ses doigts. Mon cerveau imbibé était mou comme un baba au rhum. La seule chose très nette, c'est comment j'ai joui. Et pas lui… Et le souvenir de lui recroquevillé devant moi, quand tout a été fini, cognant sa tête dans mes genoux, me répétant un truc qui avait l'air de le rendre triste.

Voilà. Le lendemain, une barre douloureuse me traversait de la nuque au front.

Je n'ai jamais rien laissé à Jalil qui lui permette de me joindre, ni téléphone ni adresse. Restaient les couloirs de la Sorbonne, accidentellement. Et les amphis où il me rejoignait, se faufilait à côté de moi. Quand il bousculait au passage mes condisciples, j'étais gêné par leurs regards curieux, mais dès qu'il s'asseyait près de moi et glissait sa main brune entre mes cuisses, tous les regards soudain s'envolaient comme des oiseaux effarouchés. On devenait transparents. Je n'arrive pas à décider si j'aimais ça ou pas, cette brutale disparition du monde. Il séchait ses cours, devenait assidu à la philo. À la bibliothèque universitaire, il me frôlait entre les rayonnages, contre les tables, me donnait des rendez-vous, me poursuivait aux machines à café. Il insistait pour que je l'accompagne. Où ?

Aux chiottes. Le pire, c'est que j'y allais. Aux chiottes et dans le local technique au sous-sol de la fac… Et au dernier étage du bâtiment, un *escalier mort* comme on disait, un palier qui ne menait nulle part et où personne ne montait, sauf nous. L'idée qu'on aurait pu nous y surprendre était un motif supplémentaire d'excitation, même s'il en profitait toujours pour me supplier de venir chez lui, où l'on serait plus tranquilles. Je n'ai jamais voulu. Faute de mieux, il devait seul assumer le choix de ces endroits sordides, en supporter la vulgarité, l'humiliation… Sorti de ces lieux, je refusais de le revoir. En attendant, tant que nous étions ensemble, je me retirais loin dans ma tête. Comme un martyr, dont le supplice aurait été une jouissance. Saint-Sébastien de lupanar.

Quand je repense à certaines de nos audaces, je me demande si je n'ai pas rêvé… L'insécurité et la frustration le rendaient plus audacieux qu'il ne l'aurait sans doute été spontanément, car c'était un garçon plutôt sage et d'un naturel doux. Mais en dehors de ces morceaux de bravoure érotiques, Jalil n'a jamais rien eu de ce qu'il espérait. Car il voulait, comme tout le monde, la complicité, le partage, la confiance, la tendresse, les confidences. Il voulait cela, il le méritait, comme un autre… Peut-être même plus qu'un autre. Mais moi, je ne méritais rien, parce que j'avais déjà tout. Quand il était là, R. me comblait à un point que je ne saurai jamais exprimer. Non, je ne méritais rien. J'étais riche.

Jalil me disait parfois : « Tu me fais du mal, tu ne peux pas savoir. » Je crois que je savais, hélas ! Il disait que j'étais *toxique*. C'était son mot. À la fin, j'avais fini par me considérer moi-même comme une sorte de champignon mortel. Jalil fait partie de ces gens qui ont révélé en moi le trou noir, qui dévore et ne rend pas. Le gouffre avide. Tous ces rendez-vous auxquels je promettais de venir et où je ne suis jamais allé, ces soirées étudiantes où, pris de remords subit, je lui refusais même un regard… Il en a bouffé, du poison.

Jalil ne me connaissait pas. Je ne lui ai jamais dit un seul mot de ma famille, de mon frère, de quoi que ce soit. À peine avait-il retenu le nom de Simone Weil, sur qui je commençais ma thèse. Il savait que R. existait, il devait le haïr de toute sa ferveur et préparer à son intention des poupées vaudoues dont il trouait le cœur et perçait la queue. Je ne voulais rien savoir de lui non plus. Je me disais : comment peut-on aimer quelqu'un qu'on ne connaît pas ? Et cette pensée idiote me rassurait.

Peu à peu, les « accidents » sont devenus plus rares.

R. était rentré entre-temps, je recommençais à penser, à respirer, la tête hors de l'eau. Son retour était difficile, comme souvent. Les images de guerre avaient fait bien plus que de croiser l'objectif de son appareil. Il riait peu, dormait mal… À ces symptômes, je mesurais l'ampleur de la blessure. Lui si bavard, il avait des silences où j'entendais des bombes, des cris d'enfants, des sirènes et des tirs de balles. Pour le soulager, j'improvisais des imitations : Sacha Distel, Adamo, n'importe quoi jusqu'à ce qu'il en chiale de rire. Je me faisais farfadet, fou du roi : *Touchez ma bosse, Monseigneur, on dit qu'elle porte bonheur…* Mon histoire de cul là-dessus, c'était comme une chiure de mouche sur un chef-d'œuvre. Pour autant, ce n'est pas moi qui y ai mis fin.

C'est Jalil. Je n'ai jamais su pourquoi. Ça s'est achevé brutalement, comme ça avait commencé. Un soir après la fac, je l'ai croisé, il sortait d'un bar. Il est passé devant moi sans me regarder. J'ai cru qu'il ne m'avait pas vu, je l'ai appelé. Il finissait par me manquer, oh ! pas beaucoup, un peu quand même. Dans la rue, assez fort pour couvrir le brouhaha du boulevard St-Michel, j'ai crié : « Jalil ! »

Et à ma grande surprise, Jalil ne s'est pas retourné. Il a marché encore plus vite, la tête rentrée dans ses épaules d'athlète.

Peut-être qu'il avait fini par se dégoûter de moi, par se respecter lui-même, par désirer une belle histoire… Je le lui souhaite. *Ti voglio bene,* en italien c'est une expression atténuée et vieillotte pour dire à quelqu'un qu'on l'aime. Je ne l'aimais pas, Jalil, mais je lui voulais du bien. Je ne lui ai fait que du mal, je crois. Un mal suave, subtil, qui porte un nom luxurieux. C'est aux autres, à mes amis, qu'il l'a confié : « Pierre, c'est une pute. »

Toute considération vénale mise à part, il n'avait sans doute pas tort. Dès le départ, il m'avait deviné. La page de pub ne mentait pas : je suis bien un *mannequin*. On peut tout faire de moi, si on veut. Je suis un faible. Une marionnette, un pantin. Une poupée de cire du musée Grévin, prête à fondre si on sait la chauffer. Mais mon squelette, la structure à l'intérieur du mannequin, c'est un réseau complexe de ferrailles et de chaînes que peu de personnes ont vu. Ça tient ensemble, c'est inoxydable, plus dur que l'acier. J'ai un Giacometti à l'intérieur.

R. n'a jamais rien su. S'il a deviné quelque chose, il ne l'a pas dit. Jamais la moindre taquinerie, le moindre soupçon, le moindre reproche. Plus généralement, du moment où j'ai emménagé chez lui jusqu'à celui de notre séparation, il semble n'avoir jamais eu le moindre doute. C'est presque inhumain, une confiance pareille.

Un soir pourtant, je revenais de la fac et R. était là, au piano, l'air grave et concentré. J'avais vu Jalil dans l'après-midi. Fatigué, vaguement écœuré par cette rencontre qui fut l'une des dernières, je me suis fait couler un bain et me suis endormi dedans. Une heure plus tard, R. est venu me chercher. L'eau était froide.

– Sors de là, tu vas t'enrhumer.

Puis il a ajouté, d'un air qui m'a semblé las (ou bien était-ce moi qui dormais encore ?) :

– Si c'est comme ça que tu te laves…

J'ai fait : « Hein ? » Il n'a pas répété. Il a quitté la salle de bains avec son habituel sourire en coin.

Si c'était un reproche déguisé, c'était excessivement subtil. Ça ne lui ressemblait pas. Peut-être que ça n'avait rien à voir avec ce que j'avais fait, avec la saleté que je ressentais. Reste que ses mots ont résonné à mes oreilles comme une condamnation suprême, doigt de Dieu sur mon épaule glacée. J'en suis venu à détester les bains – c'est idiot, mais je ne peux faire couler de l'eau sans me dire à moi-même : *Si c'est comme ça que tu te laves…*

Je parie qu'il ne s'en souvient pas, de cette phrase. Il a pu la dire sans arrière-pensée, par dérision, pour plaisanter, pour dire quelque chose, pour m'embêter. Peut-être même n'a-t-il rien dit du tout. Peut-être ai-je rêvé.

Et si j'ai rêvé ce reproche, c'est que je l'ai souhaité.

5. Bons baisers du grésil

Quand j'écris, je tiens mon cahier avec le bras gauche, tout le bras gauche posé sur le papier comme un écolier qui ne veut pas laisser son voisin loucher. Éric était gaucher et il faisait pareil avec son bras droit. Côte à côte, on aurait dit des frères ennemis, chacun dans son camp retranché plein de mots.

Je t'ai vu, tricheur ! Copie pas.

Depuis hier, il tombe une pluie gelée qui vient cingler les petites fleurs. Des bourrasques de vent fou font valser mes volets et tout ce qui n'est pas attaché. L'échelle est tombée dans la grange, je me demande si la Dyane ne va pas s'envoler. C'est la saison qui veut ça, dit Paulette.

Impossible de marcher dans ce paysage survolté : le vent fou me fait trébucher, mes bottes s'enlisent. Du coup, je suis coincé à la maison avec les chiens, les chats aussi sont là, ces hystériques. Le petit dernier jongle avec des bouchons. La

Rousse est encore en chaleur. Elle pousse des cris de nourrisson qui va crever, son cul pointé criant miséricorde. Elle m'énerve tellement que tout à l'heure, je lui ai balancé un verre d'eau. Depuis, elle m'observe du haut du buffet, les yeux noirs de colère, en battant la queue. On se ressemble trop, sans doute, pour ne pas se taper sur les nerfs… Ma seule distraction est de fendre du bois dans la grange. Et si demain dimanche il fait le même temps, je vais rater ma première brocante de la saison. Les vieux papiers, les livres rares, les chromos, les gravures, ça n'aime pas l'eau. Si c'est pour passer la journée à bâcher, débâcher, rebâcher, sous un vent mauvais… On verra bien.

Je ne savais pas ce que c'était, avant, le grésil. Je ne me souviens pas de l'avoir connu, avant d'habiter dans la Sarthe. Il doit pourtant tomber partout. Le grésil vous fouette, vous blesse, c'est de la pluie changée en couteaux, en acide sulfurique. De la pluie qui aurait l'intention de nuire. C'est pourtant un si beau nom : le grésil.

En fendant du bois tout à l'heure, je me le répétais : *le grésil le grésil le grésil*, ça devenait comme une petite chanson, une rythmique scandée par le bruit de la hache, les effondrements d'écorce sur la terre mouillée. Le travail de chaque muscle, l'effort de chaque geste créant une petite routine mécanique, compliquée du parfum entêtant de l'humus et de la sciure, bientôt j'étais comme projeté hors de moi, en extase pour ainsi dire, mieux qu'un jeûne, une prière ou un concert de techno hardcore.

De l'autre côté de ma maison, sur la nationale, les gens filent à cent à l'heure et ignorent que j'existe, n'entendent pas mon cabaret secret. Vivre ici comme je vis, c'est un spectacle permanent dont je suis l'acteur, le musicien, le metteur en scène et l'auteur. Tout ce qui manque, ce sont des spectateurs. Mais il faut apprendre à s'en passer. À vivre comme ça. Sans témoins. Paulette commence à retourner son potager toute seule, toute courbée, arc-boutée au point qu'on se demande si elle pourra jamais se redresser un jour, si elle ne va pas se figer sur place, devenir du bois, prendre la mousse. Et pendant ce temps, elle doit aussi ruminer des choses dans sa tête ou faire sa petite musique. Mais nul ne la voit, sinon moi, de très loin.

Ce sont de toutes petites vies, en apparence.

Des fourmis sous la pluie.

Dans des moments comme celui-ci, quand le paysage semble me bannir, quand le monde s'éloigne au point que même les animaux me sont étrangers, je sens monter en moi une douleur. Rien à voir avec l'irritation de ces derniers jours, c'est beaucoup plus sombre et magistral. Comme une reine, cette souffrance a son escorte. Les jours d'avant, j'ai reçu ses messagers : la colère, la rancœur, l'ennui. Vient ensuite la garde rapprochée : nostalgie, regret, tristesse. Ça s'installe alors carrément, sans se gêner. Faut dire, y'a de la place. Ma vie, c'est la place Rouge en hiver : immense, vide et froide. Un vrai champ de manœuvres, on aurait tort de se serrer. Et même ce cœur réputé imprenable, crénelé et hérissé, toujours sur la défensive, voyez-le béer par tous les bouts, ses portes sont ouvertes, il rend les armes : entrez, soldats, armée de l'ombre ! Ne vous essuyez pas les pieds. Je n'ai personne à mes côtés que vous risqueriez de déranger. Ma solitude vous est propice.

Propice, mais pas complice. Je sais que je ne suis pas malheureux *parce que* je suis seul. L'inverse est probablement plus juste. Vivre seul ne nuit pas, ni ne guérit de rien. Ça rend seulement plus évident ce qui empêche de vivre avec les autres…

Ma solitude, il est temps de reconnaître qu'elle existera toujours, même entouré d'amis. Je le sais bien. Ça ne s'en va pas. C'est comme une tache indélébile mais invisible. Ce qui est vraiment crade, ce qui fait vraiment mal, c'est la tristesse. C'est elle qui m'éclabousse, me macule, me salit. Je tombe dedans et me voilà couvert de merde. Je pue.

Personne ne voudrait de moi dans cet état.

Voilà huit semaines que je n'ai pas revu R.

Je n'ai aucune nouvelle, ni cherché à en avoir depuis sa dernière lettre. Il doit être en reportage, quelque part où le téléphone ne passe pas. Ou bien à Disneyland, avec une créature turbulente de moins d'un mètre quarante… Je n'ai plus le droit de savoir. M'inquiéter à en crever ne fait plus partie de mes prérogatives. Lorsqu'il quittait la France, que je restais sans nouvelles de lui pendant plus d'un mois, j'échafaudais tous les scénarios possibles. J'ai passé en revue tous les drames, tous les accidents de la vie, jusqu'à épuisement du stock. Désormais je n'ai plus d'idées ou plutôt, je ne veux plus en avoir. Je veux devenir stupide, une bête sans imagination. Tout ce qu'il me faut savoir, c'est qu'un jour, peut-être, il ne viendra plus.

Il n'y a rien que je puisse faire contre ça. Juste m'habituer à cette perte. Que je l'aie précipitée ne change rien à l'affaire.

Je suis un croque-mort qui prépare lui-même son cercueil. Je mesure ce qui va se perdre, ce qu'il n'y a plus, désormais, qu'à regretter. Un amour monstre.

Il y a dix hommes au moins dans la tombe de mon amour.

Mon meilleur pote pour commencer, avec qui rire est une occupation sérieuse. Mon confident, celui qui me comprend mieux que personne. Il est mon aîné, celui qui connaît qui je suis, d'où je viens, celui qui m'a appris à marcher sans lui tenir la main. Celui qui sait aussi tout ce que je ne sais pas, qui voit de l'autre côté où mes yeux ne vont pas. Il est le contradicteur, le chamailleur, l'adversaire qui dit blanc quand je pense noir, et pourtant mon seul allié, me gardant à droite quand je me garde à gauche, comme font les frères d'armes. Et en même temps, il est l'amant. Celui dont le corps familier fait monter en moi une tendresse à pleurer.

Ce qui est atroce, quand on quitte quelqu'un comme ça, c'est qu'on quitte tout.

*

Hier, j'étais encore chez Paulette, pour boire le café. J'aime bien son café. Surtout quand je n'en ai plus. Mon prétexte était de lui demander le journal, elle y est abonnée et parfois j'ai besoin de connaître la date d'une brocante, l'horaire d'une vente aux enchères. De mauvaises langues disent que dans les grandes villes, les antiquaires épluchent aussi la rubrique nécrologique. Légende ou réalité ? Jetons un voile pudique sur le repas des grands fauves.

Donc, j'étais chez Paulette. L'horloge sur le buffet faisait tic tac, un chat se grattait frénétiquement dans la cuisine, on entendait sa gymnastique. Je tournais les immenses pages de *Ouest-France*, qui se cassent en deux au milieu, plus difficiles à remettre dans leurs plis qu'une carte routière. La démangeaison du chat semblait devenue incontrôlable.

– Il a des puces, non ?

– Ah, vous croyez ? Eh ben, manquait plus que ça !

Elle s'est levée, a fait quelques pas en se tenant aux meubles : elle fait toujours ce geste quand elle se lève, on dirait qu'elle va tomber, mais c'est juste le temps qu'elle prenne sa course d'élan, après ça va tout seul, elle pourrait piquer un sprint dans la cour de la ferme.

Elle observe son chat dans la cuisine.

C'est un vieux grigou au pelage roux, aux oreilles en tranches d'emmenthal, aux yeux vitreux, un survivant d'âpres luttes de territoire, on sent qu'il en a bavé. C'est le crépuscule des dieux pour lui, mais quand il rêve, il doit revoir les fantômes de sa gloire passée et des chattes qu'il a engrossées. Accessoirement, il fait encore son affaire à la Rousse ; en cas de nécessité, ça doit être rassurant de se dire qu'on peut compter sur lui. Paulette donc le regarde, je la vois depuis le salon, les poings sur les poches de sa blouse. J'entends qu'elle lui ouvre la porte sur la cour, soudain elle tape du pied, siffle entre les interstices de son appareil dentaire, et lance à l'adresse de ce pauvre matou :

– File ! Allez, file, toi !

Elle referme la porte sur lui.

Dehors, le vent fou souffle, la pluie bat aux carreaux. Je me sens mal pour le chat. Je risque une critique :

– Le pauvre, il va s'envoler ! C'est un peu raide, non ? Pour les puces, j'ai du produit, si vous voulez…

– Pô-pô-pô, pensez-vous ! Il reviendra. Faut pas faire du sentiment. Mais pour le produit, je veux bien. Je l'aime bien, moi, ce matou.

Je renonce à relever ce qui me semble être une contradiction, et qui est sans doute une sagesse. Je ne savais pas qu'on pouvait aimer sans « faire du sentiment ». J'apprends, j'apprends.

*

La Rousse est partie vivre sa vie de chatte depuis deux jours. Je m'attends à la revoir dans quelques semaines, dans la grange, tricotant sa layette de paille. Un de ses fils de l'hiver me suit partout en ce moment. Il est tigré, d'une couleur de châtaigne striée de noir brillant. On dirait une limace.

J'ai tenu mon stand à la brocante, finalement. J'ai fait quelques ventes, je vais à nouveau pouvoir me payer du café, rentrer du bois, payer mes dettes. Pour commencer, j'ai réglé mon ardoise au bistrot de La Flèche : du coup, la patronne m'a offert un croissant. Ce matin, c'était jour de ménage : à cause du soleil, les vitres opaques révélaient leur saleté. Yvonne – on l'appelle Yvonne, comme le bar, sans égard pour son propre prénom, peut-être infiniment plus poétique – Yvonne, donc, a empoigné un chiffon et s'est mise à briquer. Les habitués sont partis plus vite qu'à l'accoutumée, effarouchés comme des moineaux.

Au magasin, je me suis ennuyé toute la matinée. J'aurais bien pu faire un peu de ménage, moi aussi, mais ça n'est pas le genre de la maison. En faisant le tour des rayons, un petit livre m'est tombé dans les mains, que je n'avais jamais lu : *A room of one's own*, de Virginia Woolf. En anglais, dans une édition de 1941, juste après son suicide. J'ai commencé par picorer quelques phrases, puis laissé traîner mes yeux sur les lignes, et quand j'ai repris pied dans la réalité, il était midi.

J'avais le cœur serré.

Je suis allé manger à *La Chaumière* ; cette fois, je me suis assis dans la salle au milieu des habitués qui viennent les jours de marché. Les mercredis, La Flèche est en pleine euphorie : des étalages partout, des caisses de légumes et des camionnettes, c'est la folie. Les mémés sont de sortie et les jeunes aussi, pour peu qu'un soleil de printemps chauffe les ruelles, ce qui est le cas en ce moment. Évidemment, ça ne profite pas à mon commerce, tout ça. Moi, je vends de la poussière.

Jean-Michel est venu en salle, m'a serré la patte comme toujours. « T'as une gueule de papier mâché. Je te mets une andouillette-frites ? »

Il se soucie de ma santé. Il est gentil, mais il a tort. Ma santé est scandaleusement bonne. Je lui aurais bien dit qu'aujourd'hui j'étais triste à cause de Virginia Woolf, mais il aurait été capable de me demander si c'était une copine à moi.

Une chambre à soi… Woolf en fait la condition même de l'écrivain. Une condition dévolue à bien peu de femmes, en son temps. Un lieu pour exister à l'abri des autres, dans l'oubli des autres.

Quand j'y pense, une chambre à moi, je n'en ai eu qu'une fois : c'est quand mes parents ont déménagé après la mort d'Éric. Je ne l'ai jamais aimée, cette chambre. La première année après l'accident, je n'en ai guère profité, de toute façon : j'étais en internat. Dortoir collectif, douches collectives, lavabos collectifs, cantine collective : j'étais un mouton. Sans conscience, anesthésié. Mon souvenir de l'internat est assez proche de l'idée que je me fais des abattoirs chers à Rosa. Pourtant, je n'y ai sûrement pas autant souffert que si j'étais resté avec ma mère à cette époque… Les samedis, mon père venait me chercher. Je retrouvais ma chambre, cette orpheline. Les lits superposés et leur sympathique échelle d'où tant de fois j'avais dégringolé, glissant sur une chaussette sale, avaient été vendus. À la place, j'avais droit à un très beau lit bateau, avec des tiroirs dessous, que pendant des années j'ai comparé à un cercueil, sans raison objective car un cercueil n'a pas de tiroirs. Mon bureau était contre un mur de l'autre côté du lit. À droite, la fenêtre ; au-dessus, un abat-jour chinois en papier. Rien de bien folichon. Pourtant, c'est là que j'ai commencé à écrire. Et à me branler. À fumer aussi. Trois activités essentielles de mon adolescence.

Je suis passé sans transition de cette chambre du condamné à l'appartement des Batignolles, lieu commun, partagé, sans frontière, où je n'avais qu'un bureau pour étudier. Je l'avais chiné aux puces de Saint-Ouen, ma première pièce de brocante. Je l'ai démonté quand j'ai quitté R. et maintenant, il est dans la chambre, à l'étage, où je l'ensevelis peu à peu sous les vêtements et les livres.

Parce que je n'arrive pas non plus à écrire, dans cette chambre. Peut-être parce qu'il y fait toujours froid. Pour moi, elle n'a qu'une seule fonction, le sommeil, et qu'un seul symbole : l'absence.

À l'automne dernier, elle est devenue bleue.

Sa tapisserie à fleurs, jaunie dans les coins, me faisait horreur. Un décor de jeune fille sage. Au-dessus de la tête de lit pendait un crucifix. L'objet avait été abandonné par la famille qui m'a vendu la maison. Dieu sait pourquoi ils l'ont laissé, j'imagine que le pépé était mort en dessous et que personne n'en voulait. Ça ne me dérangeait pas outre mesure : il faut reconnaître que le Christ de bronze a des cuisses sublimes. L'iconographie érotique joue un grand rôle dans la religion catholique. Je n'aurais pas laissé deux secondes une photo du pape, par exemple. Mais ce beau corps torturé, plein de muscles, à la nuque ployée…

C'est R. qui l'a décroché, la première fois qu'il est venu ici, effaré que j'aie pu le laisser si longtemps. Me retrouver sous un crucifix… Ça l'écœurait, paraît-il. Moi pas, mais je n'ai rien dit. Peut-être parce que ça me plaisait, au fond, cette minuscule perversion. En pleine transe, dans un cambrement frénétique, renverser la nuque et voir à l'envers au-dessus de soi, deux pieds cloués l'un sur l'autre ! L'idée était sympa, il faut avouer, mais ce blasphème n'en était un que pour moi : nous n'avons pas la même culture.

L'éducation reçue est comme un vieux tatouage. On a beau frotter, quelque chose reste, qu'on peut cacher, mais pas changer. Nos deux religions, ce sont nos deux enfances, nos deux familles : vivre sans Dieu, c'est vivre sans elles. C'est sans doute pourquoi, malgré notre athéisme affiché, R. continue à se comporter en juif, et moi en catholique. Il trimbale derrière lui tout un cortège de rituels, de vocabulaire, de musique, bringuebalant comme un orchestre klezmer. À l'entendre, il se fout de tout ça. Je sais pourtant qu'il ne part jamais sans fourrer dans son sac son *sevivon*, la toupie de Hanouka qu'il a reçue de son oncle à l'âge de sept ans.

Quant à moi… Les bondieuseries que je collectionne et dont je décore la montée des escaliers, chromos virginaux, anges de plâtre, madones au cœur saignant, lui semblent d'un exotisme répugnant. Il n'a pas tout à fait tort. Pourtant, j'aime bien ces images d'une culpabilité endimanchée. J'ai déjà essayé de lui expliquer en citant Simone Weil, qui disait que le catholicisme ne propose pas, comme les autres religions, une solution à la souffrance, mais *un usage* de la souffrance.

Il a reniflé comme si ce que je disais sentait mauvais.

Une fois le Christ descendu de son clou, j'ai essayé d'arracher le papier peint de la chambre, d'une solidité à toute épreuve, le genre de revêtement moiré qui semble, à lui seul, tenir les murs. Quelques taches de moisissure l'altéraient, mais j'avais beau essayer de décoller les joints, rien ne venait.

R. a trouvé la solution : il fallait le peindre, d'une couleur suffisamment sombre et opaque pour cacher les fleurs. Embarqués dans la Dyane, on file vers La Flèche pour acheter des pots de peinture. Enfin, on file… Façon de parler. Je nous promène à cinquante à l'heure, tandis qu'il pianote d'impatience contre la vitre. Au magasin de bricolage, après élimination du vert Véronèse, du gris anthracite et du noir laqué, restaient le rouge et le bleu. J'ai opté pour un indigo qui, sur le couvercle du pot, semblait plus clair qu'il ne l'est en réalité. L'après-midi, déguisés en ouvriers, nous avons repeint la chambre. J'avais ramené le poste à CD d'Erwann et, toutes fenêtres ouvertes, on écoutait Radiohead à fond. Emporté par notre élan, je crois qu'on aurait repeint toute la maison. Le résultat final, sous la lumière dorée du soir, était superbe. Comme un crépuscule japonais, une nuit sans étoiles et sans lune.

Mais une fois le lit remis en place, ainsi que mon bureau des puces et les cartons de livres au sol, la pièce paraissait d'un dépouillement monacal. J'ai affiché une reproduction d'un tableau de Rosa, une *Tête de chien*, un épagneul aux yeux tristes avec un gros collier. Le genre de chien qu'on ose à peine regarder : on a l'impression de l'avoir abandonné au coin d'un bois. Question culpabilité, R. dit que c'est encore pire que le crucifix…

Voilà pourquoi, dans cette pièce pourtant si propice au rêve et à la méditation, je n'écris pas. Je souffre et je dors. C'est déjà beaucoup. Et puis écrire, après tout, c'est une activité qui peut se faire partout.

Au jardin, au magasin, à l'atelier, dans la Dyane, je remplis des carnets. En marchant, je griffonne des notes très pénibles à relire. En ce moment, j'écris même dans ma tête. Je pense à mon livre sur Rosa Bonheur et je le *vois* écrit. Il me suffit de rentrer, de prendre un de mes cahiers qui traînent à la cuisine et de recopier les bribes qui me reviennent. Peut-on vraiment appeler ça un travail ? J'en doute, pourtant jamais rien ne m'a travaillé autant. J'ai l'impression d'être une araignée, une chenille ou n'importe quoi de cet ordre-là, qui fomente, qui sécrète. Quand je me relis, je ne sais plus qui parle de qui. *Quelque chose* parle, de Rosa, de moi. C'est un amalgame. Un roman monstrueux, une créature hybride, la seule sans doute que je sois capable de produire. J'ai vu comme ça, dans la grange de Paulette, un chaton qui venait de naître. La chatte n'avait su faire qu'un petit, et encore il était difforme, et mort-né. « Elle n'a que six mois, la mère, vous savez. Elle est encore petite… », a expliqué ma voisine d'un ton contrit. Avorton taré, pêché de jeunesse. Et si, moi aussi, j'étais trop *petit* pour créer ?

Mais je m'obstine. La lecture de Virginia Woolf, ce matin, a achevé de me convaincre. Elle met en avant un argument auquel je n'avais jamais pensé. Pour la première fois, je me suis senti autorisé à créer, non pas en dépit de mes faiblesses, mais en vertu d'elles.

L'art de la création, écrit-elle, *nécessite pour s'accomplir qu'ait lieu dans l'esprit une certaine collaboration entre l'homme et la femme*. Or, cette collaboration, je crois qu'elle s'est faite en moi à mon insu. Depuis Paulette, depuis la Rousse, depuis Simone Weil, depuis plus longtemps encore, depuis ma mère, depuis toujours. Je suis obligé de vivre dans la peau de l'homme que je suis, mais mon esprit, lui, n'a pas à se plier à cette contrainte arbitraire. Puisque la peinture de Rosa me parle si bien, puisqu'elle-même n'était d'aucun genre, pourquoi devrais-je m'arrêter à cette distinction ?

C'est pourtant bien cela qui me freinait, jusque-là.

Je me disais : quel droit est-ce que j'ai, moi, d'écrire sur une femme ? De me mettre à sa place, de la laisser parler, revivre et respirer dans un livre écrit d'une main d'homme, avec des pensées d'homme, un désir d'homme ? Quelle légitimité ?

J'avais tort. Est-ce qu'elle s'est laissé freiner, Rosa, quand elle a choisi d'être peintre ? Elle n'a pas pu fréquenter les écoles de peinture, alors interdites aux femmes, et pour aller aux abattoirs, au marché aux bestiaux, pour faire du cheval, la société l'a obligée à se travestir. Est-ce qu'elle a eu sa revanche ? Je considère que oui. Le succès dont son père avait semé la graine, c'est elle qui l'a récolté. Et la Légion d'honneur, c'est une femme, l'impératrice Eugénie, qui la lui a remise. La même année, en 1896, les femmes furent admises aux Beaux-Arts.

Est-ce que Nathalie Micas s'est retenue, elle, quand elle s'est mise à la mécanique ? Ayant abandonné à Rosa la peinture, elle a été l'inventeur d'un frein à patins pour les trains. Elle l'a mis au point et testé dans le parc du château de By, où Rosa avait fait construire une petite voie de chemin de fer pour qu'elle puisse se livrer à ses expérimentations. Les ingénieurs français ayant décliné l'offre, le brevet est passé en Angleterre.

Toutes les deux ont su triompher des distinctions de genre, elles ont refusé de jouer un rôle que leur sexe leur dictait.

Si une femme peut aimer la mécanique, les taureaux, la chasse, la peinture, les cigares, la photographie, la guerre, pourquoi est-ce que je n'aurais pas le droit, moi, de m'intéresser à elle ? De me prétendre, l'espace d'un livre, non pas son égal, mais son semblable ? Son frère – sa sœur, devrais-je dire ?

*

J'ai deux photos devant moi.

La première montre une jeune fille assise sur un canapé dans une pose qui n'a rien de féminin, le coude gauche appuyé au dossier, la main gauche dans les cheveux. Elle porte une robe à carreaux et des rubans. Elle n'est ni belle ni laide, juste un peu ronde, comme une paysanne endimanchée, ou une athlète sanglée dans un corset. Elle boude un peu, et serre dans sa main droite un grand cahier relié de cuir, dont le format évoque un carnet de croquis.

Sur la seconde, on voit un jeune chevalier de l'ordre des Templiers. Du chapeau à plume s'échappent quelques mèches. C'est un visage plein d'ombres aux yeux noirs, profondément enfoncés sous des sourcils ombrageux qui lui donnent l'air méfiant. Les lèvres sont fines, presque absentes, elles ne sourient pas mais s'étirent ; ses joues rondes, aux commissures de la bouche, forment deux plis fins qui courent jusqu'au menton. Ces sillons donnent sur la photo l'illusion d'un début de barbe. Sa main droite serre la garde d'une épée, comme prête à dégainer.

Ce sont deux portraits de Rosa, pris au même âge.

Bien sûr, j'ai une nette préférence pour le second. Mais ce qui me touche bien plus que la virilité qui s'en dégage, c'est son expression de sincérité farouche. Il m'évoque ce portrait du *Jeune homme de Gondeville* de Paul Strand, qu'on appelle « le garçon en colère », ou bien la figure de la *Marseillaise* de François Rude, qu'on voit sur l'arc de Triomphe. L'expression de la fureur est toujours androgyne.

Je ne suis pas le seul à l'aimer « en homme ». Un jour de mai 1852, Rosa reçoit dans son atelier parisien la visite d'une jeune fille brune, aux yeux d'Orientale, à l'air grave, aux longues tresses noires. C'est Adèle Hugo. Belle comme la lune, un peu moins belle que Léopoldine, sa sœur qui vient de mourir… Elle rayonne encore un peu, mais l'heure viendra où l'éclipse sera totale. Elle ne va pas tarder à disjoncter complètement, la pauvre, mais pour l'heure elle sait encore brosser un portrait d'un bout de plume alerte, c'est bien la fille de son papa. Revenant de chez Rosa, elle décrit *une femme ou plutôt un jeune garçon blond, aux traits arrêtés, à l'œil très vif, aux gestes brusques, avec de très petites mains, une petite taille et des traits fins.*

Laissant au vulgaire le soin de démêler là-dedans l'homme de la femme, elle ajoute : *S'en tire qui pourra…* Quant à elle, qui s'éprend régulièrement de tous les beaux garçons qui passent, elle dit simplement : *Elle est très séduisante…*

Rosa n'entretenait pas le trouble, j'ai tendance à croire qu'elle s'en moquait. Elle renvoyait chacun à ses propres attentes, à ses désirs, à ses peurs. Ainsi, elle était vraiment elle-même, infiniment forte.

Le jour de son emménagement au château de By, Rosa revenait de promenade alors que les ouvriers étaient à pied d'œuvre. Elle était en blouse de peintre et en pantalon, mal peignée, crottée. Un déménageur lui dit : « Alors, mon gars, on tire au flanc ? » et lui colle un meuble dans les bras. Intimidée, peut-être un peu flattée, Rosa n'ose pas protester.

Aux abattoirs de la Villette, où elle allait vêtue en homme, les bouchers la connaissaient, ou plutôt *le* connaissaient bien. Un jour, elle y amène une jeune femme, une Parisienne curieuse qui voulait se donner un frisson à voir assommer les bœufs. Dès l'entrée, on les siffle. On félicite l'artiste, qu'on croit « en bonne fortune »... S'ensuivent des clins d'œil appuyés, des encouragements dispensés « d'homme à homme », qui font sourire Rosa et rougir la Parisienne, qui en reviendra mortifiée.

Un autre jour, Nathalie est malade, Rosa accourt à son chevet. Elle n'a pas quitté son costume d'homme. Agenouillée au pied du lit, elle rassure son amie, la cajole, l'embrasse. Là-dessus, le médecin arrive... puis se retire aussitôt, sur la pointe des pieds. La mère de Nathalie le rattrape dans le couloir. « Je ne voulais pas déranger le mari », s'excusera-t-il.

On colporte l'anecdote, Rosa s'en amuse. Dans son atelier où l'on vient la voir peindre comme on va au zoo, les visiteurs s'étonnent : comment cette jeune femme au tablier taché, qui respire la santé et dessine de mignons lapins, peut-elle être si scandaleuse ? Il y a méprise, sans doute. Rosa leur fait toucher du doigt leur propre hypocrisie : le scandale, c'est leur invention, pas la sienne. Elle est saine et tout ce qu'elle fait part du même mouvement naturel, naïf pourrait-on dire, qui la fait peindre.

Lorsqu'elle commence à vendre ses toiles, son père lui suggère d'abandonner son patronyme. S'appeler Bonheur, quelle ironie, quand on a vécu l'enfance qu'elle a vécue ! Il lui propose de les signer *Raymond*. C'était son prénom à lui. Comment mieux signifier qu'il avait voulu faire d'elle l'instrument de sa vengeance sociale ? Elle refuse, lui tient tête, invoquant le fantôme de sa mère. Elle s'appelle Marie Rosalie, et Rosa, c'est le diminutif que sa mère lui donnait… Elle va en faire son nom d'artiste, et signera *Rosa Bonheur*. Fille de sa mère, héritière de son père. L'art, c'est ce qui concilie l'homme et la femme.

Son travail devient son rempart. Un garde-fou. Sa muraille, son armure. Car sa peinture était irréprochable. Techniquement, moralement. Il fallait bien cela, quand on voit avec quelle frénésie ses contempteurs se jetaient sur les bizarreries de sa vie privée. En contemplant les vaches bien saines de Rosa, ses beaux lapins, ses chevaux au travail, on se remettait de ses émotions. On lui pardonnait ses égarements.

La critique moderne pourra toujours lui reprocher sa trop grande naïveté, ses tableaux proprets qui ne dérangent personne. Mais moi je l'admire, parce qu'elle a su tendre un écran entre elle et le monde, et ce qu'elle donne à voir, c'est une obsession propre, nettoyée, lavée. Du beau travail.

Contrairement à Rosa, je n'ai rien à mettre entre moi et le monde. Alors, pour ne pas me le prendre en pleine figure, j'ai voulu effacer en moi ce qui faisait une tache.

Le trou noir de la mort d'Éric : ne plus en parler. Comment j'ai vécu huit ans avec l'espoir de mourir comme lui, dans un accident : à ne pas raconter. Les tentatives de suicide de ma mère, les miennes, sa dépression chronique, mon anorexie :

tabou. Jusqu'à l'amour dévorant, délirant, que je cache même à celui qui en est l'objet, pour ne pas l'effrayer… Tout cela est classé confidentiel. Secret défense. Ce n'est pas un masque, c'est le contraire : un visage nu, sans couleurs et sans traits. Je me neutralise. Il le faut. Parce que sinon, je serais seul, encore plus seul, si toutefois on peut imaginer plus solitaire que cet ermite que je suis devenu. Et je ferais peur, comme Rosa. Sauf que moi, je n'ai même pas l'excuse d'être un artiste.

Je suis seulement quelqu'un qui *s'écoute*, comme dirait Paulette.

J'entends ce sifflement glacial, le déchirement permanent, l'arrachement du deuil, le bruit du siphon qui aspire, je suis le tourbillon et les particules qui se raréfient, je suis le trou noir infini et j'ai tout dévoré et mon gouffre béant est comme une bouche qui baise le vide. Voilà ce bruit dégoûtant que j'écoute.

Et comme je ne sais encore pas hurler, je tâche de transformer ce bruit en mots. J'essaie d'écrire, c'est tout ce que j'ai.

Mais écrire, ce n'est pas oublier. Écrire ne console pas, écrire ne ment pas. Écrire, c'est vivre, vivre, vivre, c'est exister encore plus, encore plus fort, et la souffrance, loin de s'effondrer, monte en puissance dans les poumons des mots et crie de toutes ses forces.

*

Ce soir, j'ai débouché une bouteille de vin que Léontine m'a donnée.

Jean-Michel a des bouteilles de chianti à la cave qui ne vont pas sur la liste des vins de la crêperie : elles viennent de l'ancienne pizzeria qu'il tenait à Paris. Léontine lui en pique de temps en temps. Il ne s'en aperçoit pas. Elle fait ça pour moi, quand elle me voit un peu triste. Elle a un joli mot pour ça, elle dit *chiffon* : « Je te sens tout *chiffon*, aujourd'hui. »

Oui, Léontine. Ce soir, je suis *chiffon*. Et même serviette, torchon, serpillière, éponge, buvard.

La bouteille de chianti a son emballage de paille réglementaire, *made in Italy*, qu'un chat est en train d'attaquer. Car un chat est sur la table, toujours le même, ce drôle de limaçon dont la plus grande joie dans l'existence semble être de me regarder écrire, de ses yeux verts perpétuellement étonnés. Il se demande ce que je fais, il a bien raison : écrire est une occupation peu rationnelle. Parfois, la Rousse gratte sa litière quand elle me voit écrire. Elle doit juger le moment opportun pour enterrer des saletés…

Le chaton ose dormir sur mon lit quand je ne suis pas là. Je le vois disparaître furtivement dès que je monte, laissant un creux douteux, maculé de crottes de puces et de terre séchée, sur l'édredon. Si encore il réchauffait le lit, mais le chat est trop petit et le lit trop grand. Je n'ai pas vraiment de quoi me chauffer en ce moment, j'attends de pouvoir installer un nouveau poêle à bois à l'étage. D'où l'édredon, récupéré chez Emmaüs. Paulette me dit qu'elle bassine son lit : ça consiste à y promener une chaufferette en laiton pleine de braises au bout d'un manche en bois. Elle me l'a montrée, sa chaufferette : quand je lui ai dit que c'était un joli modèle, qui avait de la valeur, elle a eu son rire de poule : « Pô-pô-pô ! Pensez-vous ! » Elle ne me croit jamais. Elle a raison. De garder sa chaufferette en laiton, de bassiner son lit. Moi, je n'en suis pas encore là.

Je m'obstine à espérer une autre chaleur.

Quand R. dormait avec moi, tout son corps doublait le mien, couvrait mon dos ; j'étais l'argile dans son moule, le minerai dans sa gangue, une lame de couteau repliée dans son manche. Désormais, tortue sans carapace, j'ai froid.

Le bouchon vient de sauter. En Italie, ce genre de bouteille entourée de paille s'appelle un *fiasco*... Tout un programme. Un super-vin pour se beurrer en solo, décidément. Il ne va pas finir en vinaigre, celui-là, je le sens. Il me semble pourtant que je suis quelqu'un d'assez sobre. Je n'ai pas besoin d'alcool ni de tabac pendant des semaines, et j'oublie facilement de manger. Mon désir aussi peut s'éteindre brutalement. Le sexe en berne avec tout le reste, ce n'est pas l'ascèse, c'est l'oubli. Mais tout peut s'inverser. Un jour, la soif, l'appétit, le désir se réveillent en moi et je bascule. Alors, intoxiqué, gourmand, excité, je veux des clopes, du vin, un sexe bien dur, un lapin aux carottes.

L'alcool n'est pas la pire de mes drogues, mais c'est celle dont je me méfie le plus. J'attends l'extrême nécessité. En cas d'urgence, brisez la glace. Quand je bois, je cause trop, je suis électrique, je pleure comme un veau et je m'endors n'importe où. Si, un samedi soir, je me prends une piquette au bistrot *Chez Yvonne*, je m'arrange toujours pour dormir au magasin. D'abord, pour ne pas me foutre en l'air avec la Dyane. Et puis, quand je sais que je vais partir en roue libre, il me faut une solution de repli. L'ivresse me met dans un état sur lequel je n'ai plus de prise. Je vais parler, à n'importe qui, de n'importe quoi, beurré comme un Petit Lu. *Si dans le vin je me saborde, c'est l'trop-plein d'amour qui déborde...* Je ne peux pas leur chanter du Mouloudji, à mes camarades de comptoir, ni leur dire en chialant que si je deviens fou, si je deviens con, c'est d'être amoureux de quelqu'un à qui j'ai fait beaucoup de mal, ils ne connaissent pas le Petit Marcel, la sangsue sentimentale, le petit vampire sexuel, je ne peux tout de même pas leur dire, les pauvres. Alors, je bois seul.

Sans compter que ça revient moins cher.

Et puis, ça permet un certain contrôle. Je choisis ce que je vais boire, je choisis le lieu, l'heure, et je m'assure que mes confessions n'auront qu'un seul témoin possible. Je me cale sur une chaise, dans le coin d'une pièce, je tourne le dos au monde, je prends le téléphone et j'appelle R.

Il est la digue où je me brise, il est la mer où je me jette.

On parle. De rien. De nous, des petits bouts de nous, presque des étincelles comme ce qui crépite autour d'un grand feu. Et assis dans le noir, chacun à son bout de la ligne, on les regarde briller dans le noir et s'éteindre.

Puis le feu repart. Et les étincelles reviennent. Dans ces conversations au téléphone, j'ai l'impression que toute ma vie se joue, que nous sommes perdus dans le noir et que plus rien n'existera quand ce sera fini. *Ça ne peut être que la fin du monde, en avançant*. Dans l'obscurité de ce voyage sans étoile se jouent des cataclysmes dont nous sommes inconscients. Et nous trébuchons dans le noir en nous guidant à nos voix, et quand nous nous réveillerons, le matin sera vide, le monde lavé ; c'est la délivrance, il est temps de demander pardon pour tous les abandons, les mensonges et les trahisons, cesser d'étreindre des squelettes, il faut avancer dans le noir et sans peur.

Il me dit que je suis fou.

Que je suis un astre sombre et qu'il a dû naître sous mon signe. Mon soleil noir, il m'appelle. *El Desdichado*.

Je lui fais des déclarations dont il m'avoue, le lendemain quand il me rappelle, qu'elles l'ont empêché de dormir. Je ne m'en rends pas compte, je n'en garde même pas souvenir, c'est comme une transe. Mais quand il me les répète, je ne m'étonne pas. Il n'est qu'à lui que je puisse les faire. Et si le vin les enjolive un peu, elles n'en sont pas moins authentiques et nécessaires. Il n'est qu'à lui à qui je puisse dire, sans mentir, sans me forcer, sans trahir mon passé, sans exagérer, avec même l'impression d'être en deçà de la vérité : Je t'aime plus que ma vie. Je t'aime jusqu'au fin fond de la nuit. Je t'aime comme si tu étais Dieu. Je t'aime assez pour vivre mille ans.

On ne doit jamais dire ces choses-là. On les pense, mais on ne doit pas les dire, parce que personne ne peut accepter d'entendre ça. C'est irrecevable.

Je m'en fous. Je les dis quand même.

Coulée de lave, nuée ardente. S'il peut supporter ce qu'il y a de plus violent, de plus ravageur en moi, s'il peut survivre au volcan de mon mysticisme sentimental, c'est que le feu brûle encore, chez lui aussi.

Le vent souffle dans les branches du pommier. Il se découpe en noir sur fond d'encre, derrière les carreaux de la fenêtre. On dirait une eau-forte.

Je finis mon troisième verre en écoutant la météo marine à la radio. Cromarty, Forth, Tyne, Dogger et compagnie, avis de fort coup de vent en cours ou prévu. Sur les zones de l'Atlantique Nord, accrochez-vous, les marins, ça va valser. *Fifteen men on a dead's man chest, yo ho ho and a bottle of rhum…* Quand j'étais petit, j'aimais bien *L'Île au trésor*, pas l'île à vrai dire, mais le voyage en bateau. L'*Hispaniola*, j'en ai rêvé. Si j'avais pu monter sur un trois-mâts, je n'en serais jamais redescendu. Il aurait fallu jeter à la mer ma dépouille enveloppée dans le drapeau anglais, en la faisant glisser d'une planche à lessive. Dans le roman, j'aimais surtout la relation entre le petit Jim et Long John Silver, pleine de tendresse, de traîtrise, de jalousie, une relation d'enfant à adulte puis d'homme à homme, cruelle et ambiguë à bien des égards. Les grands auteurs échappent à la censure moderne parce que les adultes ne les lisent plus. Une aubaine pour tous les enfants à l'imagination fertile comme moi. J'ai lu entre les lignes pendant des années. J'y ai vu des choses qu'on n'imagine même pas…

Dernier verre de chianti, après c'est marée basse.

Voilà un moment que je fais tourner le *fiasco* dans mes mains. Le chaton s'est bien énervé sur la paille qui l'enveloppait. Maintenant que la bouteille est vide, je voudrais y enfouir un message et la jeter à la mer…

Sur l'étiquette, une colline rousse avec un cyprès tente d'évoquer la Toscane. Je n'y suis jamais allé, mais je peux en rêver. D'abord, des cyprès, il y en a dans tous les cimetières… Et puis, je n'ai pas encore trente ans : il est facile de penser que j'irai un jour en Toscane. Ce qui est difficile, c'est de renoncer à dire : *nous irons*…

Avec R., nous avons passé deux étés en Italie, à deux ans d'intervalle. La première fois dans Rome, la seconde dans sa banlieue, Tivoli. Étrange banlieue avec ses carrières de pierre, ses champs, ses terrains vagues. Qu'est-ce que je peux dire, qu'est-ce que je peux ressusciter à mon tour ? Je me souviens de l'antique port d'Ostia, d'où la mer s'est retirée. D'un cinéma désaffecté, sur la plage à Fiumicino, ses affiches délavées flottant dans le vent…

Les images me reviennent en flots avec le vin qui me chauffe la tête ; au bord du malaise, j'essaie de ne pas bouger et si j'y parviens, c'est le bonheur le plus pur. Savourer : un vin, un plat, un succès, un souvenir. Cette jouissance est quelque part entre le bien-être absolu et la nausée. Ça se tient entre les deux comme sur le faîte d'un toit.

Je savoure ces mémoires de soleil et d'ombre. Ruines brûlantes, chambre d'hôtel. Chemise blanche.

Voilà ce qui me revient si je cherche un souvenir précis : la chemise blanche.

Je me souviens que c'était un vendredi, parce que notre hôtel était au bord du Tibre, dans le ghetto, et qu'on se faisait doubler sur le trottoir par des hommes pressés de rentrer chez eux, à qui R. souhaitait *Shabbat shalom* mécaniquement, même qu'il m'agaçait, avec sa manie de saluer des rites qu'il ne suit plus. Nous venions de passer l'après-midi sur la Via Appia, marchant sous les pins pour revenir des catacombes. En chemin, l'idée m'était venue de m'acheter une chemise blanche. Je me demande bien comment j'ai pu avoir un tel caprice… Je me souviens juste qu'il m'en fallait une, absolument, que nous étions tout à fait d'accord sur ce point.

Nous avons fait plusieurs vitrines sans intérêt, des magasins franchisés comme on en trouve dans toutes les villes. Et puis, dans une petite rue derrière le Campo dei Fiori, une boutique de confection tenue par un vieux monsieur… Je ne voulais pas entrer, R. m'a entraîné.

Il parle à peine italien, mais il a une façon déroutante de faire croire le contraire. Une fois requise la *camicia bianca*, il a entrepris de faire la causette à la *sposa* du vendeur, perchée sur un tabouret, moulée dans une robe noire au décolleté plongeant. Une chose à dire sur R. : c'est un homme qui plaît beaucoup aux femmes, à peu près n'importe lesquelles.

Pendant qu'il faisait son numéro de charme, j'ai essayé cinq ou six chemises qui me semblaient trop vastes, flottantes, et pour chacune desquelles le vendeur avait un mot d'excuse, navré de n'avoir pas trouvé ce qui m'allait. Je boutonnais et déboutonnais, tandis que R. riait avec la dame aux gros seins. Ils riaient, m'avoua-t-il plus tard, parce qu'aucun ne comprenait ce que l'autre disait. La glace me renvoyait mon image successivement travestie en serveur, en James Bond, en vampire, en dandy. Alors que j'allais renoncer, R. s'est tourné vers moi et a fait un geste de la main. La femme a dit quelque chose. Ils ont hoché la tête tous les deux, enfin d'accord. Cette chemise-là était faite pour moi. C'était un modèle un peu démodé, au col assez long, étroite aux hanches et ajustée de partout, comme un costume de torero. Le dernier exemplaire d'une série qui devait dater, à en juger par l'étiquette jaunie, d'une époque fellinienne.

La matrone m'assène alors une phrase dont je ne comprends que l'impératif *tenga*. « Garde-la sur toi », traduit R.

Le vendeur aux sourcils méphistophéliques me sort une maxime proverbiale d'autant plus fascinante que je n'y comprends rien. Je paye, nous quittons la boutique, hilares, légers, comme ivres de joie. Dans les rues du ghetto, plus personne. Le soleil achève de se coucher, au-delà du Tibre. Nous passons acheter du pain, du fromage et du vin, et remontons à l'hôtel.

J'ai toujours la chemise blanche sur le dos.

On fait la dînette sur une petite table poussée devant la fenêtre. Dans un coin du paysage, on aperçoit la coupole de la synagogue. Des pigeons roucoulent sur le bord de la corniche, juste au-dessus de nous. Le soleil se couche sur Rome, rose et jaune, avec des traînées blanches, comme dans un tableau du Canaletto. R. me raconte son dialogue surréaliste avec la dame sur son tabouret. On rit, on boit. Au bout d'un moment, la tête me tourne, j'ai les larmes aux yeux. Je m'allonge sur le lit.

R. me rejoint. Ses mains glissent sous la *camicia bianca*. Mon cœur fait un grand bond, je me tends tout entier vers lui. Sa bouche se promène sur ma peau. Courant électrique dans tout le corps. Ce qui se passe en cet instant, c'est la vie en plus vite, accélération de particules, l'instant dense qui contient l'immensité. La chaleur du désir est là, mais ce n'est pas tout, oh non ! Ça va beaucoup plus loin. Ça va jusqu'à la souffrance qui sait qu'elle sera bientôt apaisée, jusqu'au rêve. Nous mourons de faim et de soif dans le désert, et chacun est l'eau et le pain de l'autre…

Pendant ses caresses, je ferme les yeux, la vie infinie se déploie. Sommeil, mort ou transe. Je revois la dame à la robe noire, les rues sombres du ghetto, les yeux charbonneux du vieux vendeur, les pavés de la Via Appia. (C'est curieux, je revois tout ça très nettement en ce moment même.) Je me sens partir, j'ai envie de lui, de tout, de notre vie. Et là, alors que mes mains cherchent à le saisir, à l'entraîner avec moi dans la gueule du volcan, R. s'échappe. « Bouge pas ! » m'ordonne-t-il. Qu'est-ce qu'il cherche, bordel ? Je ferme les yeux, concentré sur la vie qui bout en moi. Il se lève, fait quelques pas, revient. J'entends un cliquetis, comme un barillet de revolver. Le déclencheur est armé. « Ouvre les yeux. » Sa voix est basse, chaude, grave. J'obéis.

Claquement de l'obturateur. Pan ! T'es mort…

C'est ce qui deviendra *la photo à la chemise blanche*.

Des photos de moi, il en a beaucoup, depuis le temps. On pourrait penser que c'est à cause de son métier ou de ce qui fut le mien. La vraie raison est ailleurs, bien enfouie. J'ai déjà parlé de la photo, du besoin qu'elle crée de posséder pour toujours, de l'illusion qu'elle en donne… Si certaines de nos photos ont été vues par d'autres, parce qu'elles faisaient partie d'un travail, disons « artistique », la plus grande partie reste inconnue du vulgaire, et je fais partie du vulgaire, puisqu'il ne me les montre pas. La photo à la chemise blanche, moi-même je ne l'avais jamais vue. Elle avait disparu dans la boîte noire, avalée, retournée dans l'océan des images fantômes.

J'avais fini par l'oublier complètement.

Et un jour, elle a reparu, cornée. Elle était dans son portefeuille. Depuis des années, il l'avait conservée sur lui, et je ne l'avais jamais vue. Il me l'a jetée à la gueule il y a bientôt deux ans, un vilain jour d'un orage plus noir que la tempête qui secoue les marins, ce soir, sur Ouest Irlande.

Il l'a déchirée sous mes yeux.

Je n'en ai pas de copie. Je n'ai que mes souvenirs, que le chianti a ressuscités.

Et la chemise blanche, là-haut dans ma chambre, qui pend à un cintre, que je ne mets jamais. On m'enterrera dedans.

6. La sourdine

If a man does not keep pace with his companions,
perhaps it is because he hears the beat of a different drummer. [1]
H. D. Thoreau, *Walden*

J'ai une chèvre. Depuis trois jours. Je suis allé la chercher chez Paulette, qui me la prête comme tondeuse, pour une durée variable et renouvelable. En intérim, en quelque sorte. C'est pratique, non polluant, il suffit de déplacer le piquet de temps en temps. Ce que j'ignorais en la prenant, c'est qu'elle ferait aussi alarme. Elle m'avertit des visites, me réveille le matin, installe ici une sorte d'état de siège permanent.

Ces derniers temps, je me suis livré à un amusement qu'offre mon boulot et qui ressemble au jeu des chaises

1. Si un homme ne s'accorde pas avec ses semblables, c'est peut-être qu'il entend le son d'un autre tambour.

musicales, où chacun doit quitter sa place et en trouver une autre très vite. J'ai commencé par récupérer dans une vente aux enchères un lot de faïences bretonnes. Je ne fais pas dans la vaisselle, mais je savais que celle-là avait de la valeur et, coup de bol, j'étais le seul sur le coup. Trois jours après, je l'ai échangée auprès d'un collègue contre une belle série de cendriers, plaques émaillées, boîtes en métal… Là-dessus, opération portes ouvertes chez Emmaüs : profitant de la camionnette d'un copain, j'ai acheté toute une succession, je veux dire un lot de bibelots et de petit mobilier qu'une mémé quelconque a laissé derrière elle. J'ai tout ramené dans mon salon, deux collègues m'ont aidé à décharger. Maintenant, ma petite pièce à côté de la cuisine ressemble à un garde-meuble. J'attends le bric-à-brac du 1er mai pour me débarrasser de tout ça au meilleur prix : des fauteuils à gogo, un cheval à bascule, un guéridon, des miroirs, des accessoires de salon…

Et un piano droit.

Les instruments de musique se vendent bien, même en mauvais état. Les *bobos* en décorent leur intérieur, ça donne une touche culturelle. C'est comme les partitions, c'est fou ce que j'en vends et rarement à des musiciens. Le piano aussi devrait trouver preneur. C'est un instrument de la Belle Époque, en placage de noyer avec porte-chandeliers en laiton. Les touches sont en bon état, l'ivoire est jaune mais intact, évidemment il sonne faux. Comme bibelot, c'est un peu encombrant, mais ça a de la gueule. Je le verrais bien dans ma chambre bleue, là-haut.

Mais je ne peux pas le monter tout seul.

Je me tape des fauteuils, des matelas, des tables, j'ai les bras faits à cette gymnastique, j'ai même déménagé un vieux Frigidaire à moi tout seul – exploit dont j'étais bêtement fier, malgré un claquage musculaire. Mais un piano, impossible. Et si l'envie me venait d'en jouer, il faudrait l'accorder : ça non plus, je ne sais pas faire. Le prix du travail de l'accordeur dépasserait sûrement la somme que m'a coûté le piano.

Bref, il faut que tout ça en vaille la peine, comme on dit.

Mais quelle valeur suprême viendra récompenser ma peine ? Elle est où, ta récompense, Petit Marcel, hein ? Tu vas attendre, comme d'habitude, un miracle. Attendre qu'*il* revienne comme par magie, par enchantement, qu'*il* débarque un beau matin avec son rire, pour te donner un coup de main et t'en jouer une petite sonate, tiens, pendant qu'on y est ! Ah, tu y crois donc aux prodiges, hein ? Gosse que tu es, qui croit encore au Père Noël ! Petit crétin de catho, va. Pierrot de la lune… C'est plus fort que toi, hein ? Espérer, espérer ! Au fond de la tombe, tu chuchoteras encore timidement : « Y'a quelqu'un ? »

Allez. Dans une semaine au plus tard, je me déciderai. À la prochaine grande brocante. En attendant, il faut continuer. Repousser ce sentiment brûlant de manque, le vertige sidéral lorsque je me mets à compter le temps écoulé… Avancer sans s'écouter, fredonner sa petite chanson sans se faire remarquer. Le pédalier d'un piano, contrairement à celui des voitures, n'a pas de frein. Tout juste une sourdine, parfois, pour ne pas déranger.

*

Assis à l'arrière de la maison, sur une chaise paillée qui semble sortie d'un tableau de Van Gogh, je surveille mon pommier. Les fleurs sont en pleine mutation. Les pétales en sont tombés et forment une petite neige qui couvre le pied de l'arbre. Dans la terre s'agitent de petites bêtes dorées, bombées comme des scarabées, mais légères et à la carapace moins solide. Comme je ne savais pas ce que c'était, j'ai ramené à Paulette, tout content, ma bestiole cuivrée, l'ai déposée sur sa toile cirée. Elle l'a estourbie d'un coup de poing.

C'est la première fois que Paulette me déçoit.

Le hanneton est l'ennemi du paysan, paraît-il. Tous les trois ans, lui et ses potes surgissent de terre où ils ont passé une vie larvaire sans grand intérêt, ils déplient leurs ailes d'or, s'envolent et bousillent tout sur leur passage, dans un grand bruit d'hélicoptères miniatures. Ils résistent au feu, à la noyade, aux coups de poing de Paulette aussi. J'ai récupéré sur sa table mon hanneton, l'ai fourré dans ma poche. En rentrant par les champs, je me suis accroupi, l'ai déposé sur le sol. Il s'est enfoui sous terre illico.

En ce moment, je jardine. J'ai bêché la semaine dernière, aujourd'hui j'ai installé des plants de fraisiers. Des stolons de chez Paulette. J'aime bien l'idée d'avoir chez moi les rejets de ses fraisiers, comme si ça allait me porter chance. Il y a fort à parier que je n'en récolterai que trois, trouées par les limaces. Mais j'en sens presque le goût dans ma bouche, un goût mêlé de terre, un goût de soleil et d'eau de pluie.

C'est au printemps dernier que mon jardin a pris forme humaine. Avant, c'était un terrain vague, semé de débris de terre cuite, à croire que le précédent propriétaire passait son temps à fracasser des pots de fleurs. J'avais bien commencé à retourner la terre, mais pour le reste – ratisser, planter, semer –, je manquais de motivation. Il faut dire aussi que pour tout outil de travail, je n'avais qu'une houe. J'ai creusé des trous, retourné la terre, ratissé même, avec une houe. J'avais fini par m'habituer. Il paraît que c'est l'ancêtre des outils de jardin : ça se conçoit. Un manche de bois, une lame d'acier courbée et hop ! On conquiert le monde.

C'est alors que mes parents ont débarqué.

Ils ont franchi huit cents kilomètres pour me voir. Quand mon père a vu l'étendue du terrain et la houe rouillée, il a foncé au Brico-machin le plus proche pour compléter la panoplie. Pour débiter mon bois de chauffe, il m'a même offert une belle hache, au manche rouge et noir, une arme digne d'un nain de jardin sanguinaire, qu'il a eu la malice d'emballer dans du papier doré. C'est le cadeau le plus original qu'on m'ait fait. Si j'excepte ses machines absurdes.

Pendant qu'on se fatiguait, lui et moi, à enlever les cailloux, les tessons de verre et de poterie, à débusquer les racines de ronces et tirer sur les linéaments interminables des liserons, Terry creusait des fosses un peu partout. Je suppose que ça partait d'une bonne intention. Il contrariait beaucoup ma mère, dont il agrandissait les trous démesurément. Car elle plantait des dahlias, des pivoines, des bulbes de glaïeuls, tout un tas de fleurs. « Si tu la laisses faire, me disait mon père, ça va ressembler à un jardin de curé. » Je l'ai laissée faire. Elle a aussi taillé le vieux rosier qui grimpe contre la façade devant la maison, et que je n'avais jamais su démêler des ronces qui font la même chose avec plus de succès. J'en ai profité pour repeindre les volets et la porte d'entrée, nettoyer la grange.

La saison était douce, plus ensoleillée que cette année, moins affolée. J'apprenais le nom des plantes, chaque mauvaise herbe devenait un adversaire dont il me fallait connaître le nom, l'histoire, les pouvoirs. Je me souviens de ma stupeur lorsque j'ai fait connaissance avec le gratteron, la liane qui colle. On ne peut plus s'en défaire, on l'emmène avec soi, elle ne pique pas, elle attache, de tout son corps, de toute sa tige, sans faire mal, sans poisser, sans griffer, tout en douceur elle s'agrippe ; on est à elle, elle nous veut, si on le voulait elle pourrait nous aider, soigner des maladies, faire cailler le lait… Si seulement on voulait… Mais on ne veut pas, alors on la coupe, on l'arrache au pied d'un arbre, on croit la jeter puis on la retrouve dix mètres plus loin, et on comprend qu'on l'avait emportée malgré soi.

Je la faisais courir sur mon bras, l'enroulait autour de mes jambes, fasciné par son pouvoir. Mon père me disait : « Mais débarrasse-toi donc de ce truc-là, c'est une vraie saloperie ! »

Et moi, je me disais : Ça y est, j'ai trouvé ma plante fétiche, mon totem. Je suis un *gratteron*.

Le matin, ma mère cuisinait. Avec précision, avec attention, avec des précautions infinies et le soin maniaque qu'elle y met quand elle aime ceux pour qui elle le fait. Nous n'étions que trois et elle s'y attelait dès dix heures.

Vers treize heures, c'était l'heure de la sieste pour mon père. Alors que ma mère et moi finissions la vaisselle, il bourrait sa pipe et sortait devant la maison. Il l'allumait en regardant passer les voitures. Puis, lentement, il faisait le tour de la baraque, avec de grands pas pour enjamber les ronces, et revenait s'installer sur ce qu'on appelle la terrasse. C'est une cour de gravier fermée sur deux côtés, par la maison et par la grange, où le vent tombe.

Je le regardais se placer sur ce qu'on avait nommé par dérision son *transat*, savant assemblage de trois chaises de bistrot mises bout à bout, sur lesquelles il allongeait ses jambes et se calait les reins avec un pull roulé en boule. Par la fenêtre du salon, je le voyais allongé face au pommier, sur les branches duquel j'allais pendre mon torchon à vaisselle trempé. Puis, je prenais moi aussi une chaise et m'asseyais à quelque distance, pour ne pas gêner son repos. J'allumais une cigarette.

Et je le regardais.

Des larmes venaient, que je refoulais, qui refluaient. Marée haute dans le cœur.

Comme quand j'étais petit, je fixais ses yeux clos et me disais : « Ce sera pareil quand il sera mort. » Et je le regardais assez longtemps pour croire que la fin était venue, que c'était là, que c'était arrivé, ceci : le jour où ses yeux ne s'ouvriront plus, le jour où un souffle lourd ne soulèvera plus sa poitrine. J'aurais pu prier, si j'avais été le moins du monde croyant, ç'aurait été avec ferveur, avec dévotion, avec ardeur, en cet instant. Mais nul besoin de religion, à ceux que ne quitte pas la pensée de la mort.

On peut rester des heures ainsi, et chaque seconde vous tue, chaque veine, chaque nerf est pincé comme une corde de guitare, et ça n'en finit pas. Le ciel participe de très loin, des nuages passent, s'étirent, s'effilochent. La pipe posée à terre laisse échapper son tabac brûlé, des fourmis s'en approchent et disparaissent sous une pierre. La cigarette vomit ses volutes dans le vent. Le soleil risque des rayons plus violents, un merle quitte le pommier en piaillant comme un forcené. Tiens, il va faire beau. Les pensées normales peu à peu s'immiscent.

La vie revient.

Le soir venu, nous jouions aux cartes, ou bien ma mère et moi faisions des mots croisés, penchés sur une revue qu'elle avait achetée à la maison de la presse, tandis que mon père épluchait mes livres de comptes en poussant des soupirs agacés. Ma mère avait amené, en guise de bréviaire, son catalogue de La Redoute. Et je la regardais, comme quand j'étais môme, corner le coin des pages... Tandis qu'elle inscrivait des références dans les cases du bon de commande, je feuilletais, amusé, cette bible de la consommation de masse. Je m'attardais, comme à seize ans, sur les sous-vêtements pour hommes, cherchant à imaginer la tête de ces mecs à l'anatomie avantageuse. Il y a quelques années, j'ai posé moi aussi pour un catalogue concurrent, certainement pas aux pages lingerie, et j'imagine que pour ma mère, ça devait être un peu comme si j'avais décroché le Goncourt.

Nous allions à La Flèche, faire le tour des remparts et du château, manger des *pommes tapées*, marcher le long du Loir. La rivière, sous le soleil d'avril, scintillait comme du mercure liquide.

Mon père me faisait conduire sa Renault, plus confortable pour le tourisme familial que mon engin qui n'inspire, apparemment, que le rire ou la méfiance. Je crois qu'il voulait me donner l'occasion de prouver ma valeur. Ou vérifier simplement si j'en étais capable, et si l'examinateur du permis de conduire n'avait pas commis une monumentale erreur d'appréciation. Il m'arrive de le croire aussi, mais il faut faire confiance aux autorités compétentes, de temps en temps. Alors, quand on me fait des remarques, je brandis ma carte rose ornée d'une vilaine photo de moi, estampillée par les services de la préfecture de Paris. Et toc.

C'est vrai que je conduis mal. Et lentement. Que je ne suis pas foutu de réussir un créneau, que j'écorche toutes les carrosseries. Mais je conduis. Étant donné mes appréhensions initiales, c'est un exploit. J'ai dompté ma peur, apprivoisé l'ennemi, ça méritait bien un permis.

Il m'a fallu beaucoup de temps pour admettre que la voiture n'était pas qu'un hachoir à viande. Admettre qu'il est possible de tolérer sa présence, d'apprécier son utilité, d'en ressortir vivant. À condition, bien sûr, et c'est ma seule limite, de ne pas dépasser soixante à l'heure.

Au-delà, j'appelle ça rouler à *tombeau ouvert*...

Magnifique et sordide expression qui résume bien un certain accident... Le 1er août 1992, il y a dû en avoir tant d'autres ce jour-là, si l'on y pense, tant d'autres que je ne connais pas et je m'en fous, je n'ai connu que celui-là. C'était un jour de retour de vacances. Un jour qu'on avait encore du sable dans le slip et du sel dans les cheveux, un jour qu'Éric et moi, on s'était fait engueuler parce qu'on se tapait dessus avec une serviette de bain mouillée et qu'on nous avait séparés, chacun dans une voiture, moi avec mes parents, Éric avec Tonton et Tata... Un jour pareil, un jour entre mille, un jour de soleil sans rien qui presse ; tandis que la vie coule, tranquille, à quoi bon aller vite, à quoi bon doubler ? Il a doublé, pourtant, Tonton. Il a doublé et pas nous.

Papa est resté bien sagement derrière le camion, il a même eu cette phrase : « Il fait chier, Jacky, on va les perdre. » C'est marrant que je m'en souvienne. Ça avait dû me faire peur, sur le coup, l'idée qu'on les perde. Je me souviens encore de la plaque minéralogique de la bagnole de mon oncle : 484 VP 67. Je la connaissais par cœur, à force de la guetter sur la route. Papa tenait toujours à suivre son beau-frère, parce qu'il ne connaissait pas le chemin, à l'aller du moins. Il n'avait pas confiance dans les cartes routières. Au retour, l'oncle Jacky en a eu marre de mon lambin de père, il sentait l'écurie, comme on dit. Et j'imagine qu'Éric ne devait pas se gêner pour gueuler des trucs comme *Vas-y, parrain, appuie sur le champignon !*

On disait ça, « le champignon ». Je me demande si les gosses disent encore ça, de nos jours.

Et puis un quart d'heure plus tard, à peine, le camion devant nous a freiné, on a failli s'encastrer dedans. Maman a crié un truc genre *Mon Dieu !* La circulation était arrêtée. Complètement. Ça a duré un bon moment, il a fallu se mettre sur le bas-côté pour laisser passer les pompiers et l'ambulance. Papa est descendu de la voiture pour voir ce qui se passait, Maman ne voulait pas qu'il y aille. Elle avait peur. Il a contourné le camion. Il ne revenait pas. Alors, ça a duré un temps infini, et puis elle a dit *On y va*. Je suis descendu avec elle. On a marché, je lui donnais la main. Assis, adossé à une glissière de sécurité, on a reconnu Papa. Il y avait quelqu'un près de lui, un gendarme en uniforme avec un képi bleu. J'ai regardé la plaque d'immatriculation de la voiture qui gisait sur le toit comme une tortue renversée. Je n'arrivais pas à reconnaître le numéro. Oui, ça n'était pas… Mais si.

C'est juste qu'il était à l'envers.

Il y avait d'autres choses aussi, à voir. D'autres visages, dans la voiture. Et sur le bitume, aussi. Je les ai vus. Je l'ai vu, tout ça, j'ai tout vu. Tout enregistré, photographié. Puis fermé les yeux là-dessus et c'est enclos à jamais. Je peux me rappeler tous les mots, les gestes, les couleurs, les bruits : il ne manquera qu'un carré blanc découpé dans mes souvenirs. Ineffable, il résiste à l'écriture. Seuls les rêves, poreux, le laissent s'infiltrer. Mais là je ne rêve pas, j'écris. *Écrire, c'est faire le tri,* disait Spielberger.

Donc : carré blanc.

Moi, je ne double pas. Rien, jamais, personne. Même pas un vélo. Je roule à 30 derrière les tracteurs.

La Dyane, je l'ai choisie pour ça. C'est une voiture de flemmard. Quand on me dépasse, personne ne se figure que je vais en prendre ombrage et compenser ma frustration en appuyant comme un malade sur l'accélérateur. Parfois je vois qu'on tourne la tête, cherchant à insulter l'ancêtre rhumatisant qu'on suppose au volant, et je m'amuse du regard ahuri des gens quand ils découvrent ma bobine : un jeune ! Ça alors !

Le plus marrant, c'est quand Staff plaque sa truffe contre la vitre et bave tout ce qu'il peut. Les regards se détournent, dégoûtés.

C'est R. qui s'était mis en tête de me faire avoir mon permis. Il en avait fait une affaire personnelle. « De toute façon, pour ton boulot, t'as pas le choix, c'est ça ou le triporteur. » Il avait raison. Un brocanteur en vélo, ça ne fait pas sérieux.

Tout était bon pour me pousser, me provoquer. Il se foutait de moi en public, me traitait de lopette. Un jour, il a été jusqu'à feindre une migraine phénoménale pour m'obliger à conduire sa moto. Quand nous sommes rentrés, j'étais agité de tremblements nerveux, mais sa migraine avait disparu. Ça l'a fait beaucoup rire. Chez lui, prendre des risques est une seconde nature. J'ai beau détester ça, je me serais fait tuer plutôt que de reculer. L'association d'une tête brûlée et d'un orgueilleux, ça peut mener loin. Par défi, je me suis inscrit à un stage de saut en parachute payé par son agence de presse, j'ai accepté de bivouaquer dans les Abruzzes par une nuit glaciale, plongé dans l'Ardèche depuis un piton rocheux. Parce qu'il ne m'en croyait pas capable, je me suis inscrit au marathon de Paris. Je me souviens qu'en courant, je le maudissais de tout mon cœur, ça me faisait tenir…

Combien j'ai pu haïr ce mauvais génie qui le pousse à transformer la moindre sortie en expédition périlleuse ! Mais combien d'exploits ai-je pu réaliser, dont je ne me serais jamais cru capable… Ses propositions loufoques sont toujours le fruit d'un raisonnement que je mets des mois à comprendre. Vouloir que je surmonte ma peur, sans me le dire, sans même que je m'en rende compte, quitte à lui en vouloir, à le détester même… pourvu qu'au final, j'en sorte grandi, fier de moi ! Voilà bien le genre de choses qui lui ressemble.

Il y avait un travail à faire après la mort d'Éric, un travail que mes parents ne pouvaient plus faire, un sale boulot. Alors, il a retroussé ses manches et il l'a fait.

*

En ce moment, à la boutique, le ghettoblaster d'Erwann marche en continu. J'écoute son disque de Noir Désir, mais aussi des CD récupérés en brocante : *Les Princes du Raï*, *Le Meilleur du Tango argentin*, *André Verchuren et son orchestre*. Je passe absolument n'importe quoi, tellement fort que, hier midi, Léontine est venue me dire de baisser le son. Il paraît qu'on entend « mes conneries » jusque dans la crêperie. Je lui ai répondu en chantant :

Tout le monde s'en fout, y'a du bonheur,
Y'a un bal chez Rita la blonde,
Tout le monde s'en fout, y'a du bonheur,
À l'enseigne de la fille sans cœur…

Léontine me lance, de son air de chatte sournoise :

– C'est toi, Rita la blonde ?

Je ricane. Passe encore pour Rita, c'est de bonne guerre. Mais pour « la blonde », il y a erreur de casting. Je lui suggère d'incarner, à son tour, *la fille sans cœur*. Elle grimace.

– Allez, s'il te plaît, baisse-moi cette musique, je ne peux pas supporter l'accordéon. Ça me fout le cafard.

Elle part en claquant la porte qui grelotte ses clochettes. Pas vraiment fâchée, pas vraiment gentille non plus : je crois que, décidément, j'aime bien cette fille. Même si elle n'aime pas Piaf. Elle mérite mieux que Jean-Michel, me dis-je aussitôt, assez stupidement d'ailleurs – car enfin, s'il fallait *mériter* qui l'on aime, je crois que je serais mal barré.

Au moins, ma musique ne fait pas fuir les clients : il n'en vient pas. C'est le printemps, la saison des brocantes commence, mais pas celle du tourisme. En attendant la foule des grands jours qui ne viendra jamais, je poursuis la lecture du journal d'Adèle Hugo, une rareté en cinq volumes rachetée à un collègue. C'est Rosa qui a fait le lien entre elle et moi. Assis sur la méridienne, enveloppé de musique et entouré d'antiquités, j'attends que l'esprit de ces femmes m'enveloppe dans un nimbe doré et me pénètre et me transfigure, que je puisse enfin écrire sur Rosa les trois cents pages qu'elle mérite. Comme ça ne vient pas, par dépit je pioche dans une boîte de bonbons Haribo, qui me collent la nausée. Tirlibibi. C'est marqué sur la boîte.

J'avais acheté ça pour les clients.

Un rayon de soleil traverse la vitrine et fait danser des poussières, dans un tourbillon de chaleur sale. Quand j'inspire à fond, mes narines sont saturées de l'odeur des vieux livres. Je respire le dix-neuvième siècle. J'ai l'impression d'être dans une boule qu'on retourne, où tombe une neige synthétique.

C'est une drôle de bulle, un drôle d'univers. J'ai créé autour de moi un rempart fait de ruines, avec fortifications littéraires, fondations enfantines, tour de guet philosophique, meurtrières ironiques. Bien malin qui m'en délogera. Je suis bien parti pour finir vieux garçon, finalement. Ou fou, comme Adèle Hugo. Quand je reconnais chez elle certains symptômes, je referme le livre précipitamment. Imagination délirante, sentimentalisme exacerbé, sensibilité maladive, pressentiment d'une destinée d'exception et, à l'égard du frère ou de la sœur perdus, un mélange oppressant de culpabilité et de rancune… En plus, elle aimait passionnément la musique. Encore une victime du piano. C'est un instrument dangereux, comme un amant terrible.

Elle composait et jouait des heures, enfermée dans sa chambre. Pendant ce temps, son père convoquait dans des séances de spiritisme le fantôme de sa fille, de *l'autre* fille, Léopoldine, noyée quand Adèle avait treize ans. Le grand Victor faisait tourner les tables pour parler à la défunte. C'était un deuil total, permanent et impossible : tous les murs de toutes les pièces, à Jersey puis à Guernesey, étaient garnis de portraits de la chère disparue. Adèle était en jachère. Incomprise, négligée du seul homme dont elle espérait l'attention, elle comblait le silence avec la musique, et s'inventait une vie à laquelle elle a fini par croire.

J'ai lu quelque part que Rosa Bonheur se méfiait des pianos. Elle n'en écoutait la musique que de loin, tamisée, filtrée, à doses homéopathiques comme un poison dont on atténue la vigueur. La vérité, c'est que sa mère, qu'elle a perdue à l'âge de onze ans – à peu près l'âge que j'avais quand Éric est mort –, était pianiste. Alors évidemment, après ça, le *Clavier bien tempéré*, ça vous a un goût dégueulasse.

Dans ses mémoires, Rosa raconte qu'un jour, vers quatre ans, sa mère l'avait prise sur ses genoux devant le piano et laissée improviser. Sur ces arpèges naïfs, sa mère inventait des airs : de sa voix douce coulaient des serpentins de chansons qui ne voulaient rien dire. Rosa souriait, gorgée de cette ivresse que provoque la sensation de l'ivoire sous les doigts, du son qui en jaillit et dont on se sait le seul maître, vertige du pouvoir absolu que confère la musique. À la fin de ce concert impromptu, sa mère avait couvert ses cheveux, ses joues, ses oreilles, de gros baisers sonores, puis reposé l'enfant, à ce point comblée de bonheur qu'elle en était devenue momentanément sourde.

Cet épisode, qui jamais plus ne s'était répété, Rosa le définissait d'un mot : l'*extase*.

Au moment de le décrire, je me souviens que j'ai connu, moi aussi, la joie d'inventer des airs, assis avec mon frère sur un banc de pianiste, devant un clavier trop haut pour nous. Nous avions des fous rires venus des profondeurs caverneuses de l'instrument. Ça nous chatouillait dans le ventre. On était au CE1 et les mercredis, on prenait des cours dans une école de musique où, dix ans plus tard, par une coïncidence qui devrait me faire croire au destin, j'ai fait la connaissance d'un pianiste…

Sans la musique, sans le désir que j'ai eu à dix-sept ans de retrouver un peu de cette extase ancienne et un peu de mon frère, il est certain que *jamais*, je n'aurais rencontré R.

Je devrais me débarrasser de ce piano que j'ai récupéré... C'est sûrement un début de folie de le garder.

Sa seule présence, pourtant muette, dans mon salon, me colle des nostalgies terribles. Il ne m'est rien, ce gros tas de bois et de métal couvert de poussière. Je n'en joue pas. Mais de toute sa masse sombre, il crie *Je suis un piano* ! et moi, j'ai envie de me boucher les oreilles. Chaque touche, chaque son de n'importe quel piano me ramènent au même point.

Je ne peux pas oublier qu'il y a quelques années, sa musique m'était indispensable. C'était l'air que je buvais, dont R. m'abreuvait. Couleur, lumière, chaleur, la musique avec lui n'avait même plus rien d'artistique, c'était devenu naturel. Ses retours se signalaient comme ça, une touche en passant ou une sonate entière qui déboulait sans prévenir. Quand il avait besoin de passer ses nerfs sur quelque chose, c'était le piano qui trinquait, des *Polonaises* de Chopin bien excitées, des tempêtes de Liszt. Pour se calmer, il revenait à ses maîtres : Mendelssohn, Janacek. J'avais droit, moi aussi, à ma thérapie musicale. Pour me dérider, il se livrait à des réinterprétations saugrenues. Quand il voulait me faire plaisir ou qu'il avait quelque chose à se faire pardonner, il sortait Érik Satie et j'avais droit à toute l'artillerie des *Gymnopédies*, des *Gnossiennes*. Ça me mettait dans un état proche de la béatitude, la tête renversée et la larme à l'œil, comme ces saints qu'on voit sur les tableaux baroques.

Ma mère aussi, pour moi, est toute pétrie de musique.

Elle ne savait écouter ses disques que trop fort, comme si elle était sourde. Ça doit être une manie qu'elle m'a transmise.

Je crois qu'à part le bruit de l'aspirateur, la seule chose qui trouait le silence chez mes parents, c'étaient des chansons d'amour. Elle avait une faiblesse inavouable pour Mike Brant. À bien y réfléchir, je trouve troublant qu'elle ait nourri une telle admiration pour un type qui passait son temps à se défenestrer… C'est un *modus operandi* qu'elle n'a jamais testé. Peut-être parce que, habitant un pavillon de banlieue, on était un peu juste en étages. Ça manquait de hauteur. Du coup, elle avait le suicide modeste.

Quand une des chansons pleines de sirop qu'elle affectionnait vient me surprendre à la radio, j'en reste tout bête. Certaines m'agacent, d'autres me renversent. Ça m'énerve, ça me déchire. Ça mord le cœur. Ça gêne comme un pansement qu'on veut retirer et qui fait mal, parce qu'un sang poisseux le colle à la blessure qu'il cache. Quelque chose comme ça.

Un jour, avec ma mère, j'ai évoqué son goût pour les chansons à l'eau de rose. Je lui ai rappelé ses 33-tours de Mike Brant, ses romans Harlequin dissimulés derrière une collection complète de Zola dorée sur tranche. Je n'avais pas l'intention de me moquer, pourtant je crois qu'elle l'a pris comme une critique. Sa réaction était typique. « Qu'est-ce que tu veux, j'ai mauvais goût ! On ne se refait pas. »

Pour ne pas se laisser atteindre par les remarques, elle se dévalorise. Toujours sur sa réserve ou sur la défensive. C'est si difficile d'aller au-delà, derrière ce rempart où les sarcasmes se brisent. Ma mère, c'est la grande muraille de Chine. On peut en faire le tour et la voir de la lune, mais elle est impénétrable. Je sais qu'il y a des questions à ne pas poser, des souvenirs à ne pas évoquer. Je n'essaie pas, je ne veux pas la mettre mal à l'aise. Pourtant, il nous est déjà arrivé d'aller assez loin dans la confidence, à condition de toujours tourner autour du pot. Il est déjà fêlé, il ne faudrait pas l'endommager davantage.

Quand je suis en vacances chez eux, elle m'accapare totalement. Nous faisons ensemble des promenades au bord du Rhin, et elle me dit : « Maintenant que Bakou n'est plus là, je n'y vais plus si souvent. » La comparaison n'est pas forcément flatteuse, même si j'adorais ce chien que j'ai laissé derrière moi, et qui est mort il y a cinq ans. Quand je l'accompagne en ville pour faire les magasins, elle me dit : « Heureusement que tu es là, si je devais compter sur ton père… » Je suis toujours là en remplaçant. À croire que ma vie se passe sur un banc de touche.

Mais je ne lui en voudrai jamais. Elle a le tact de ne pas évoquer le grand absent, celui que mon corps m'oblige à imiter. Quand elle me parle, quand elle m'écoute, quand elle me regarde, c'est vraiment à moi qu'elle s'adresse. Pas à mon ombre. Je ne dis pas qu'elle n'y pense pas, c'est sans doute impossible de ne pas y songer en me voyant mais elle l'ignore. C'est courageux.

Un jour de février, il y a deux ans, dans la cuisine, nous préparions des beignets. Je les découpais, elle surveillait l'huile. Toute la maison sentait déjà la friture, le sucre et la cannelle. Le genre d'odeur qui met le sourire aux lèvres et les larmes aux yeux. En fond sonore, Radio Nostalgie couvrait à peine les grésillements du bain d'huile. On parlait de mes anciens amis d'Alsace, ceux qu'elle avait connus, elle voulait savoir si j'en avais des nouvelles. Je lui ai répété ce que je savais par Myriam, mon amie de lycée avec qui je suis toujours resté en contact. Il y avait les nouveaux mariés, les toujours célibataires, les déjà divorcés. Les sans-enfants, les avec-enfants. On disait que le temps passe, que les sentiments font pareil, que c'est la vie, et pourquoi certains restent quand d'autres se séparent…

Je lui ai demandé si elle aimait toujours mon père.

C'était une question un peu brutale. Mais là, en regardant les premiers ronds de pâte dorant dans la friture, je me sentais gonflé moi aussi d'une sorte d'ivresse délicate, quelque chose qui lève dans le cœur.

Je me souviens de la chanson qui est passée à cet instant à la radio. *Ultra Moderne Solitude.*

Elle regardait comme moi les coussins de pâte devenir des beignets, attentive comme une accoucheuse, l'écumoire à la main pour les sauver du péril. Quand elle a répondu, j'avais presque oublié ma question. Je pensais qu'elle s'était noyée dans la graisse et qu'elle avait brûlé.

– Tu sais, je crois qu'au bout de pas mal d'années, on est tellement habitués l'un à l'autre qu'on ne se pose plus la question.

Pas très glamour, comme réponse, mais c'était à prévoir. Je n'ai pas insisté. Avec mon verre retourné, je suis revenu tailler des ronds dans la pâte. Mais comme si sa pensée suivait la mélodie de Souchon à la radio, elle a continué, sans me regarder :

– Je crois que maintenant, *après tout ce qui s'est passé,* personne ne pourrait plus nous aimer, et on ne pourrait plus aimer personne d'autre. Je ne sais pas si on était faits l'un pour l'autre au départ, quand on s'est connus… Mais maintenant oui, c'est sûr.

Elle a sorti les beignets du bain, plongé mes rondelles toutes fraîches. Ça a fait *pshhh*.

J'ai posé mes doigts sur son poignet gauche tout chaud et un peu gras. Sa main droite a lâché l'écumoire et s'est posée sur ma main. Nos doigts se sont croisés, puis serrés à en devenir blancs. On regardait tous les deux l'huile bouillante. Il ne fallait rien ajouter, respirer presque pas. Si nous avions pleuré à cet instant, les larmes en tombant dans l'huile auraient fait *pshhh*.

Mais on ne pleure pas dans ces moments-là. On pleure après. Quand on a compris. Quand on a pris le temps de digérer l'incident, d'avaler les couleuvres, quand la main sur la gorge desserre son étreinte. Quand on y repense et qu'on se dit : Je suis un mauvais fils. Je suis si loin, vous êtes si seuls.

Ne m'abandonnez pas.

Mon père, ma mère, ne m'abandonnez pas.

Si je ne vais pas assez souvent chez eux, si parfois je passe de longues semaines sans prendre ou donner de mes nouvelles, ce n'est pas par négligence. Encore moins pour assouvir je ne sais quelle vengeance, quel besoin obscur d'imposer mon prénom, mon existence, ma différence, contre eux, contre Éric. Non, je jure que ce n'est pas ça et je le soutiendrai jusqu'à l'heure du Jugement. Les revoir, comme ne pas les voir, me fait du mal autant qu'à eux. Ils vieillissent, c'est inévitable et ça signifie que, quoi que je fasse, ils vont mourir.

Si l'on peut perdre ceux que l'on aime, peut-on vivre sans crainte ? C'est la grande question que pose saint Augustin. Je sais quelle fut sa réponse, mais comme je ne veux pas de la sienne, qui sent l'encens et l'eucharistie, il me reste à en trouver une autre, et je n'y parviens pas.

Il faut vivre avec ça, la trouille au ventre.

Quand R. partait en reportage, c'était comme si ma vie s'arrêtait de respirer. J'étais en apnée tant que je n'avais pas la preuve qu'il n'était pas mort. Cette torture a duré des années et je ne m'y suis jamais fait. Une fois, une seule pourtant – mais il suffit d'une fois, à l'angoissé chronique –, ma crainte était justifiée. Rapatrié sanitaire, balafré de la tempe à l'oreille, le crâne rasé, la mâchoire bloquée : sur le coup, j'ai cru qu'on l'avait trépané. C'était il y a quatre ans. Il s'était pris des briques sur la tête. J'ai beau savoir que les pires blessures qu'il endure dans son métier ne sont pas physiques, j'ai toujours pensé qu'il reviendrait dans une boîte. J'ai cru résoudre la question une fois pour toutes, le jour où je me suis dit que si R. devait mourir, simplement je n'y survivrais pas.

Mais ça ne suffit pas encore.

Comment peut-on admettre de voir partir ceux qu'on aime ? Il doit pourtant y avoir des moyens, il y a des gens qui y parviennent, qui savent ouvrir leurs mains dans un geste de passoire comme fait le Christ avec son trou dans la paume, il y a des gens qui savent perdre.

Pas moi.

J'ai peur, j'ai peur, j'ai peur, j'ai peur. J'ai tout le temps peur. Comme tout le monde, évidemment, mais moi je n'arrive pas à m'habituer.

Je crois que c'était là avant la mort d'Éric. Ma mère, je devais être du genre à la réveiller dix fois par nuit. Cauchemar, pipi au lit, perdue la tétine, échappé le doudou. Je devais être de ce genre-là, oui, même si je ne m'en souviens pas. Ma mère m'a souvent dit que j'étais le plus sage : sûrement parce que j'étais le plus inquiet.

*

Dans ma chambre bleue, j'ai rouvert un carton que j'essaye d'ignorer depuis bientôt deux ans. Il contient mes cahiers, mes photos de famille, des tas de choses encore auxquelles je ne comptais plus toucher. Je voulais retrouver mon disque de Mouloudji. Il n'y est plus. Comment a-t-il pu disparaître d'une caisse fermée ? Je vais finir par croire qu'il est parti de lui-même, navré de ne pas être écouté.

Fantôme de bonheur, cesse de me hanter…

Le jour où j'ai annoncé à ma mère que j'avais quitté R., elle ne m'a pas cru. « C'est une plaisanterie ? »

Elle l'a toujours bien aimé. Il l'amuse, il la fait rire, il la rassure aussi. Quand je suis parti, elle a pris peur. J'avais perdu mon ange gardien, qu'allais-je devenir ? Il y avait dans mon geste quelque chose qui échappait à son entendement – ce qui n'est pas étonnant, vu que ça échappe au mien. C'est l'action la plus absurde de ma vie. Quand j'ai tenté de rassembler assez de courage et de logique pour lui expliquer mes motifs, elle m'a regardé, atterrée.

« Quoi ? Ne me dis pas que c'est *pour ça ?* »

Pour *ça*, oui. Pour si peu…

Alors elle m'a balancé sa vérité, celle qu'elle aime bien m'asséner de temps en temps : « Tu te fais du mal pour rien. » Pour elle, je suis un parano doublé d'un masochiste. Je ne dis pas qu'elle a tort, mais si on devait accepter toutes les étiquettes qu'on nous colle, on serait des oiseaux mazoutés : nos ailes ne s'ouvriraient jamais… Mon père, que je ne soupçonne pourtant pas d'une faiblesse coupable envers celui qu'il a un jour traité de *youpin frimeur*, m'a dit que je « n'en ferais jamais d'autres », et qu'au fond, tout bien considéré, j'étais un petit con.

Il fallait bien que quelqu'un me le dise…

Aimer la même personne toute sa vie.

J'aimerais savoir si c'est vrai, si ça existe, si ça se peut. Tout autour de moi me prouve que, si ce n'est pas totalement impossible, c'est pour le moins très rare. Bien des gens croient aimer tant que le désir dure, tant que la curiosité ou l'admiration les tient. Mais je parle d'un autre amour, comme celui de Rosa et de Nathalie, celui de Paulette et d'André, celui de mes parents, même. Ils ont le bonheur de savoir être malheureux ensemble. Chez eux, le temps et la mémoire, les soucis et le chagrin finissent par se mélanger, se touillent au fond d'une gamelle, puis lèvent comme une pâte à beignets et finissent par faire de l'amour.

Peut-on aimer une bonne fois pour toutes ? Comme on se débarrasse d'un souci ? Comme on résout une équation ? Personne de sensé aujourd'hui ne voudrait croire à cela.

Moi, j'y crois.

Parfois, quelque chose en moi se soulève, comme une voile qui se gonfle. Ça obstrue, ça comble le vide. Quand je me crois voué à la solitude, j'entends ce souffle qui remue et qui me dit que j'ai tort.

Après tout, je suis peut-être érotomane, comme cette pauvre Adèle Hugo. Jusqu'à sa mort, elle se figura être aimée d'un homme qui la connaissait à peine, avec qui elle avait vaguement flirté dans sa jeunesse. Son amour s'était élevé trop haut pour être égalé par quiconque. Elle écrivait : *J'ai la religion de l'amour. Je ne peux pas donner mon cœur sans donner mon âme, je ne donne pas mon âme sans mon cœur.* Je pourrais dire la même chose. Moi qui lisais Simone Weil dans la nuit avec des douleurs dans le cœur tant je trouvais ça beau, moi qui savoure les Psaumes de David comme si c'étaient des poèmes érotiques, j'ai été longtemps une sorte d'athée mystique. J'entends encore R. me dire : « T'as raté ta vocation, t'aurais fait un excellent martyr… » Kamikaze japonais, soldat du Jihad, j'aurais eu de l'avenir dans la mort, si seulement j'avais su à quoi me sacrifier. Mais une vocation, littéralement, c'est un appel. Or, rien ne m'a jamais appelé – ou alors, j'étais sourd. Ça criait trop fort à l'intérieur de moi.

Mais j'ai peut-être enfin trouvé ma religion. Mon amour, on doit pouvoir appeler ça une *foi*.

Quand je me dis que, peut-être, je n'aime plus, ou que je me crois aimé à tort, quand je doute, une voix me fait taire. Une main se pose sur mes yeux, une autre ferme ma bouche. Je me laisse guider dans le désert des êtres.

Je suis sourd, mais j'ai au fond de moi un tambour. Je suis seul, mais je crois. Ce tambour, je l'entends, où qu'il soit. Même en ce moment, malgré le silence, malgré l'absence. Il paraît plus faible parce qu'il est loin. Mais il bat toujours aussi fort, toujours sur le même rythme, et moi je sais qu'il bat, je le sens dans mon ventre et c'est tout ce qui compte.

C'est un cœur qui bat, qui ne m'appartient pas.

Aimer, c'est sentir vivre en soi quelqu'un qui n'est pas soi.

Et si je n'étais parti que pour savoir cela ?

Parce qu'au fond, quelles autres raisons avais-je de partir ? Je voulais mener une vie qui me ressemblerait. Je voulais *avoir*. Et qu'est-ce que j'ai, qui ne puisse se perdre, mourir ou se revendre ? Quelques biens matériels, des bêtes, une maison. Tout cela peut disparaître, tout cela peut m'être enlevé.

La certitude que j'ai d'aimer est le seul bien qui me semble immortel.

7. Intrusion des fantômes

Maintenant, je suis allé trop loin. J'ai ouvert les portes des Enfers. Les morts se baladent à travers moi, et les mauvais souvenirs, et le passé récent. C'est le bordel. Je n'arrive plus à écrire, ni à bosser ni à penser à autre chose.

Quand j'aurai dégagé ma route des ombres qui s'y étalent, j'y verrai mieux. Je commence d'ailleurs à entrevoir un peu de lumière. Dans un jour fait de larmes essuyées, je vais vivre. Là-bas, à l'horizon, il y a un avenir clair, une toile délavée peinte à l'aquarelle. Ça brille, c'est lumineux. Ça pourrait être ça aussi, ma vie.

J'ai envie d'aller tout droit vers cet avenir au bout de la piste. Et pour cela, remettre les morts à leur place, numéroter les cadavres, nommer les fantômes, rendre à chacun le sien. Délimiter l'obscurité. Ourler la nuit, contourner les rêves.

C'est difficile, parce que les frontières sont floues. Ma mémoire est brumeuse. J'ai des franges, des lambeaux de souvenirs débordant sur le reste. Broderie au passé empiétant.

Dix ans de souvenirs, c'est peu. C'est tout ce que j'ai, moi, pour me rappeler mon frère. Et encore, dans ces dix ans, faut-il compter des années nébuleuses, sans paroles, avant deux ans. Il y a là-dedans beaucoup de choses fumeuses, d'ombres évanouies, d'événements supposés, rêvés peut-être. Comment savoir quels enfants nous étions ? Comment être sûr des sentiments que j'ai éprouvés pour lui ? Ma mère ne peut pas m'aider, sur ce point-là comme sur tant d'autres. Je suis seul avec ma mémoire, qui a tout repeint en couleurs. Toutes les zones floues sont irrécupérables. Comment faire pour garder de tout cela une image unique ? Apaisante ? Comment faire pour ressentir autre chose que de la peur ?

Je crois qu'il faut faire semblant. La réalité nous échappe, de toute façon, parce qu'elle nous demeure inconnue ou que nous ne la supportons pas. Nous vivons dans la fiction, il n'y a que ça qui nous convienne. Il faut seulement choisir quelle forme donner à notre malheur. Jusqu'à présent, je n'ai su en trouver qu'une : le cauchemar. Mais en lisant les mémoires de Rosa Bonheur, j'ai vu qu'il existait d'autres figures. D'autres postures, tout aussi mensongères, mais confortables, vivables en somme. Si l'on veut, par exemple, que nos morts familiers cessent de nous tourmenter, il faut les clouer au pinacle. Là-haut, tout là-haut dans le ciel, ils nous encombrent moins. On crée un panthéon, on y installe le mort qu'on aime, on décide qu'on lui dédiera tout, qu'en échange il nous protégera. Sur cette vague promesse se sont bâties toutes les religions, depuis les premiers hommes. Le seul et unique but de toute croyance est bien d'accepter la mort. Le reste, c'est du folklore.

Il faut passer contrat avec les morts. Leur dire : Tu seras mon ange, mon saint, mon dieu. En échange, fous-moi la paix.

Rosa, par exemple, pensait que sa mère veillait sur elle. C'est une idée répandue. Les veufs et les orphelins s'en tirent souvent comme ça. Et ils ont raison. Chaque victoire, chaque découverte, chaque conquête étaient pour Rosa un élan vers les étoiles où sa mère l'attendait. Chaque rencontre, chaque marche gravie dans l'échelle sociale, elle l'interprétait comme un signe. Si bien qu'à la fin de sa vie, elle pouvait écrire : *Je n'ai jamais cessé de penser à ma mère. Tout ce que j'ai fait de beau et de bon pendant les soixante-seize années que j'ai passées sur terre, c'est à son inspiration que je le dois.*

Belle formule. Efficace, comme sa peinture. Quand Nathalie est morte, elle a fait la même chose. Elle devenait une terre avec deux soleils dans son ciel. Et puis enfin, au terme de sa vie, elle a juré à Anna Klumpke, qui pleurait de la voir disparaître, de devenir son ange gardien. Elle savait que ça marcherait. Que c'était la seule solution. Prendre une pose, une figure, se mentir à soi-même, oui, mais suffisamment bien, suffisamment fort, pour oublier le bruit des chaînes, le hululement sinistre et le froissement du drap blanc qui passe à travers les murs. Parce qu'un mort, spontanément, si on le laisse faire, il fait fantôme. Pas ange.

À seize ans, Rosa était une sorte de rebelle en souffrance. Renvoyée de toutes les pensions, les internats, les ateliers, elle partage la vie de son père, ses frères et sœurs étant casés ailleurs. C'est alors qu'elle rencontre Nathalie Micas. Persuadés que leur fille allait mourir bientôt de la tuberculose, ses parents avaient commandé à Raymond Bonheur un portrait de l'adolescente. Pendant que son père dessine la morte en sursis, Rosa l'observe. C'est donc ainsi fait, le visage de la maladie ? Sa mère aussi, sans doute, aux derniers instants, avait ce visage blanc, ces mains maigres, ce regard brûlant… Chaque jour, Nathalie revient poser. Peu à peu, elle raconte son enfance, ses souffrances. Comment les enfants des rues se moquaient d'elle, parce qu'elle portait une casquette à visière pour protéger ses yeux fragiles. Rosa se rend compte qu'elles ont vécu dans le même quartier, qu'elle aussi, sans doute, l'a un jour croisée… Oui, confirme Nathalie. Il y avait cette famille d'artistes un peu bohèmes, vêtus de costumes saint-simoniens, qui lui jetaient des pommes… La grande fille méchante, la pire de tous, c'était elle, Rosa.

La rencontre de Nathalie agit comme un catalyseur. Bouffée par la culpabilité, Rosa fait des cauchemars chaque nuit. Elle rêve d'un fantôme qui descend des escaliers. Quelques jours plus tard, Rosa va porter des croquis de son père chez les Micas : elle reconnaît l'escalier. C'est le même, celui du rêve. Elle voit Nathalie en descendre, et s'enfuit de terreur. Les cauchemars reprennent de plus belle.

Elle rêve de sa mère, qui est morte de la tuberculose cinq ans plus tôt, alors qu'elle était à son chevet. Sa mère, la belle pianiste, l'âme d'artiste, la femme la plus aimée de sa vie et qui fut balancée, faute d'argent pour payer l'enterrement, dans la fosse commune du cimetière Montparnasse… Dans le cauchemar de Rosa, elle se tient debout près de son lit, sans rien dire, en robe blanche. Au moment où Rosa se lève pour l'embrasser, le fantôme pose un doigt sur ses lèvres et disparaît… Le rêve se répète presque toutes les nuits, jusqu'à mourir de peur dans le noir, les yeux grands ouverts pour ne pas dormir. À qui peut-elle le confier ? Elle croit que c'est un reproche, que sa mère vient la chercher, qu'elle l'appelle, qu'elle la punit. Et puis elle comprend. Ce rêve, c'est un bon rêve.

C'est celui de l'*après*. La rupture enfin consommée.

Combien de fois ai-je vu moi aussi Éric au pied de mon lit ? Avant de partir en internat, j'ai passé encore quelques mois dans cette chambre qui était la nôtre, nous avions des lits superposés et je couchais en haut. La nuit, j'avais peur d'ouvrir les yeux malgré mes insomnies. Je n'osais pas regarder en bas. Sur le matelas, habillé du short en jean et du T-shirt rouge qu'il portait le dernier jour, j'étais sûr de le voir.

Les yeux ouverts. Vivant.

Je ne le vois pas mort, jamais. Dans mes rêves, c'est moi qui suis blessé. J'ai le corps couvert de meurtrissures, de cicatrices mal refermées, d'où le sang ne coule pas, il en suinte seulement un liquide blanc et épais comme de l'encaustique. Un peu comme les saints aux stigmates qui font de l'huile d'olive. Dans mon ventre s'ouvrent de larges plaies comme des gouffres, où l'on peut plonger ses deux mains. J'ai parfois des morceaux qui manquent, les jambes le plus souvent. Sans douleur, comme ça, je marche dans la rue et j'ai un bras qui se détache. Ou bien je me regarde dans la glace et j'ai la peau pourrie. Comme du vieux cuir ou la peau de l'andouille. Elle part en lambeaux, je tire dessus… Des rêves comme ça, je n'en souhaite à personne. Les retours d'Éric, à côté, c'est du velours.

Souvent il passe comme un voyageur, on dirait qu'il rentre de vacances. Ce qui est drôle, c'est qu'il n'a pas toujours le même âge. Parfois il a dix ans, parfois il a mon âge. Je le reconnais toujours, évidemment, non parce qu'il me ressemble – ça, c'est ce que *les autres* croient. Je le reconnais parce que sa présence est évidente, inévitable. Il passe dire bonjour, ça me met mal à l'aise quand je me réveille et que je me rends compte que je lui ai parlé pendant la nuit, mais ensuite, plus les heures passent plus je me sens léger. Ces derniers temps, j'ai rêvé deux fois que je l'avais au bout du fil. Sans doute parce qu'en ce moment, je cherche désespérément à joindre R., le téléphone devient une sorte d'instrument sacré, voie d'accès à l'au-delà. Le scénario était identique les deux fois : je passe près du téléphone posé sur un meuble, ou bien je l'ai dans ma poche et je le prends alors qu'il ne sonne pas. Je suis convaincu pourtant qu'on m'appelle. J'appuie sur la touche de communication et, sans surprise, j'entends la voix d'Éric.

Sa voix, ce n'est pas celle qu'il avait à dix ans. Je ne crois pas que ce soit la mienne non plus. On parle un peu. Moi de ma vie, de mon boulot, lui en revanche ne me dit pas grand-chose et soudain prononce une phrase comme : *Je dois y aller*.

Et moi, je réponds : *Oui, je sais.*

Les Grecs croyaient que c'était en songe que les dieux leur parlaient. Et que Morphée et Thanatos, dieux du sommeil et de la mort, étaient frères jumeaux… Les mythes ne sont jamais démodés. Les dieux sont parmi nous. Moi, je me suis contenté d'ajouter le téléphone.

*

Chacun a ses fantômes. Plus ou moins gênants, plus ou moins envahissants, plus ou moins agréables à croiser. Je suis loin d'être le seul, chacun cache le sien qui finit par se trahir si on y regarde bien.

J'ai mis du temps avant de connaître celui de R.

Il en a même plusieurs, comme bien des gens : certains sont protecteurs, d'autres inoffensifs. Mais celui qui le poursuit est d'autant plus tenace qu'il a refait surface, en chair et en os, il y a deux ans. C'est un cas assez rare, d'enterrer son fantôme et de le voir revenir. On pourrait l'appeler R. aussi, ce fantôme, mais pour éviter toute confusion, je vais lui redonner son vrai nom. Je ne lui ferai pas plus longtemps l'honneur de lui attribuer cette initiale, aussi sacrée pour moi que, pour d'autres, le chrisme ou le tétragramme.

Ce fantôme, donc, s'appelle Rebecca.

Dans le milieu traditionaliste dans lequel R. a grandi, il est de bon ton de fréquenter, à l'adolescence, les autres membres de la tribu. On sort entre soi, ça rassure la famille. On va au ciné, au théâtre, au concert, avec les copains, les cousins, les cousines et les amis des cousins. Et puis, un jour, on s'aperçoit que le temps a passé et qu'on a le bon âge pour construire ce que la tribu appellera une famille, alors on choisit quelqu'un avec qui l'on s'entend vraiment bien et on se marie. Les enfants viennent vite si tout va bien, et comme ça coûte très cher et que ça attache, on évite de divorcer. Il en va ainsi dans beaucoup de familles, qu'elles soient juives, chrétiennes ou musulmanes, ou qu'elles n'aient d'autre religion que le fric, ce qui est assez commun.

Or, bien qu'il fût tout à fait « dans les clous », parvenu à l'âge canonique de vingt ans, R. était toujours vierge, comme on le dit d'un territoire non conquis. Curiosité qui ne tenait sans doute pas à un quelconque défaut physique, ni à un manque de confiance en lui, ni à sa seule éducation. C'était plutôt comme une longue période de latence. Quelque chose couvait, nul ne savait quoi. Alors en attendant, pour s'occuper, il s'était épris d'une amie d'enfance, Rebecca.

Leurs deux familles s'en étant aperçues, elles étaient en mesure de commencer leur travail de persuasion, qui s'apparente un peu aux techniques de lobbying modernes – à tel point qu'on peut penser que la famille est l'ancêtre du groupe de pression politique. Voilà donc R. et Rebecca fiancés, ce qui, pour eux, ne signifiait pas grand-chose, mais représentait pour leurs proches une étape importante. On commençait à aborder des questions capitales : à combien arrêter la liste des invités ? Le mariage aurait-il lieu à Tel-Aviv ou à Paris ? J'exagère à peine.

Poussés l'un vers l'autre et parce qu'il était un peu temps, tout de même, ils ont perdu leur virginité ensemble, un soir plein de bougies et de coussins en velours, après un mauvais concert salle Pleyel et une carpe farcie à la saveur douceâtre dont le goût lui reviendra en plein coït, gâtant de sa note aigre une ambiance jusque-là bourrée de sensualité torride – là, c'est moi qui invente, avec un luxe de détails qui ferait pâlir Flaubert, mais comme mon imagination procède d'une ironie méchante dont je sais les raisons, je m'arrêterai là.

Plus le temps passait, plus la famille resserrait son étau.

On y était presque, plus qu'un petit effort et *mazel tov !* Mais c'était sans compter sur les forces obscures qui travaillent contre nous, secrètement, inéluctablement. Le père de R., atteint d'un cancer, est mort en trois jours, comme un chemin de croix express en trois stations : accident vasculaire, coma, décès. Depuis longtemps, il était malade et savait qu'il n'aurait sans doute jamais la joie de conduire son fils jusqu'à la *Houpa*. C'était un papa stoïque, drôle et courageux, paraît-il, qui léguait à son fils unique un passé de héros : caché pendant la guerre, il avait traversé l'Allemagne à quinze ans pour retrouver en Alsace ce qui lui restait de famille.

Les fiançailles ont été annulées.

R. s'est mis à sortir seul, sa mère disait qu'il était dans sa *période noire*. Le noir se portait bien, en 1992. C'était la tendance lourde du moment. La même année, je perdais mon frère… Il y a comme ça des hasards bizarres. Le cimetière juif où gît son père, à Strasbourg, n'est qu'à deux kilomètres de la tombe d'Éric.

Bref. Une fois le temps du deuil passé, la maman de R. a réuni le conseil de famille pour régler la question du mariage. L'oncle de Munich, la famille de Strasbourg, les cousins de Paris : tout le monde était d'accord pour dire qu'il y avait urgence. Que ça ne pouvait lui faire que du bien, à ce grand dadais sombre. Qu'il était temps pour lui de devenir un *gantser mentsh*, un homme accompli. Le mariage a été décidé, la date arrêtée.

Devant R. s'est alors ouvert brutalement ce que je me figure comme un chemin qui se dédouble.

D'une part, une vie simple et bien remplie, avec une femme qu'il aimait beaucoup et un tas d'enfants, menée dans le respect plus ou moins marqué des traditions et de la loi du Père. De l'autre, un sentier mal débroussaillé, plein d'ombre, sans progéniture, sans horizon peut-être. Un sentier qu'il avait à peine commencé à défricher, mais vers lequel il était irrésistiblement attiré.

Acculé, au pied du mur, au bout du chemin, contre toute attente, contre toute logique familiale, il a choisi le roncier.

Rebecca s'est retrouvée plantée là, toute seule devant sa grande route pleine de jolis enfants, qu'elle a vu s'effacer devant ses yeux comme un dessin qu'on gomme. Elle a beaucoup pleuré, elle a cru, paraît-il, devenir folle. Je veux bien le croire. Quant à la famille… Celle de Rebecca a rompu tous les ponts – des amis de trente ans ! Aux yeux de la sienne, R. est devenu, instantanément et pour longtemps, une sorte d'intouchable. Traumatisme collectif. Lui-même a mis des années avant de se pardonner, j'imagine que le fantôme de son père devait traîner ses boulets par là…

R. a sur le crâne une drôle de tache grise, une zone de cheveux subitement blanchis. Elle est apparue à cette époque, paraît-il. C'est sa mère qui me l'a dit.

Sa mère, *yiddishe mama* jusqu'au bout des doigts, n'a pas flanché. Son fils devenait un paria ? Pas de problème, elle savait où était son devoir, où était sa place : à ses côtés. Un fils unique, ça peut tout se permettre. Y compris, s'il le faut, déserter la synagogue, sortir tous les soirs, quitter ses études de droit et le Conservatoire sur un coup de tête pour devenir photographe et, après une année à l'école d'Arles, revenir en compagnie d'un garçon. Puis un nouveau. Puis d'autres, je ne sais pas combien, puis plus rien. Pendant ce temps, Rebecca continuait à attendre. Quoi ? Oh, pas un miracle, ça n'existe pas chez les juifs. Comme dit R., c'est une religion réaliste. Elle a attendu le bon moment, c'est tout. Et il y en a eu. Tout vient à point à qui sait attendre.

Entre-temps, elle en a profité pour devenir fantôme, sans mourir. C'est très fort. Statue du Commandeur, elle revenait le hanter. Le doigt accusateur pointé vers le ciel de lit, je l'imagine en image du Dépit, se tenir roide dans ses cauchemars pour lui dire quelque chose comme : « Tu ne procréeras point. »

Parce que là était le nœud du problème.

Moi, les enfants, ça me fait comme à la plupart des gens : un attendrissement. Avec un pincement au cœur en plus. Ça réveille des choses. Des choses enfouies, sombres, cachées, qui me font moins rire que pleurer. Mais la seule idée d'en avoir, je veux dire d'en engendrer, me glace le sang. Rien ne me paraîtrait plus absurde, moins fondé. C'est à me faire blanchir la tête. Je suis convaincu que je n'en aurais pas voulu, quand bien même ça aurait été possible. Comme la question ne se pose pas, je suis peinard. Mais ce n'est pas le cas de l'homme que j'aime. J'ai mis du temps à m'en rendre compte. Beaucoup de temps.

C'est peut-être mieux comme ça, d'ailleurs. Si je l'avais su tout de suite, j'aurais eu peur très vite, trop tôt, j'aurais craint qu'il me quitte et je l'aurais quitté à cause de cela, parce que l'idée d'être un obstacle m'horrifie.

Je l'ai deviné peu à peu, à voir sa tête aux réunions de famille, quand les bambins sautent et crient et courent partout et que pour eux il se ruine en cadeaux ; à voir les photos qu'il ramenait des pays en guerre, à l'entendre parler aux gamins à qui il donnait des leçons de piano. Il a une façon unique de les regarder dans les yeux, de les écouter déballer leurs histoires, leurs soucis, leurs rêves, leurs peurs. Ce n'est pas compliqué, n'importe quel môme sensible renierait ses géniteurs pour l'avoir comme papa. Il a ça dans le sang, une fibre qui vibre.

Et quand elle vibrait comme ça, moi, je me sentais privé de tout, seul au monde. Alors je me bouchais les yeux et les oreilles en silence, les trois singes de la sagesse chinoise incarnés dans un seul homme.

Donc, je vivais dans l'ignorance et la béatitude de mon grand amour, quand Rebecca est revenue d'entre les morts.

Comme une maladie, elle s'est manifestée par des symptômes qui passaient inaperçus. Une carte adressée à la maman de R. pour Hanouka, qui traînait négligemment sur la table de son salon strasbourgeois, d'ordinaire si bien rangé... Un coup de fil à un cousin, agent immobilier, parce qu'elle cherchait un appartement à louer dans Paris... Et le cousin, rencontré par hasard, qui répète l'anecdote à R., lequel se met à appuyer ses démarches par quelques coups de fil bien placés.

– Tu comprends, me disait-il, je lui dois bien ça.

J'ignore par quelle lente contamination ce virus a finalement atteint notre téléphone. Toujours est-il qu'un jour, en rentrant d'une journée de stage aux puces, il y a deux ans, j'ai découvert un message du fantôme sur notre répondeur.

Je savais qui elle était, mais je ne sentais pas venir le danger. Si j'avais su, j'aurais fait un peu de ménage.

Ça m'est déjà arrivé de rendre amnésique le répondeur, d'expurger la boîte aux lettres, ce qui m'a valu une réputation de jaloux très exagérée. En vérité, j'étais indifférent à tout ce qui n'était pas nous. Les autres ne m'inquiétaient pas, je voulais juste les faire retourner au néant d'où ils n'auraient jamais dû sortir. Je n'ai jamais cherché à savoir si c'était bien ou mal, si c'était juste, si j'avais le droit, compte tenu de ce que *moi*, j'étais capable de faire – je parle de Jalil, par exemple. Je faisais le vide autour de lui, et ne me suis jamais demandé si c'était de l'égoïsme ou de la cruauté. Et jamais il ne me l'a reproché. Ce qui ne prouve rien, je sais.

Bien sûr, il a sa part d'ombre, tout ce que je n'ai pas pu empêcher et que j'ignore. Je n'enquête pas, je ne suis pas du genre à fouiner. Chien de garde, d'accord, mais pas limier. La seule idée qu'il en ait aimé d'autres hier, ou aujourd'hui, contient ma mort en germe. Je ne la manipule qu'avec précaution, comme une pipette contenant un virus léthal.

Et puis, je me suis toujours promis de ne pas juger les autres – en particulier, cet *autre*-là – à leurs actes. Ce qui rend une personne digne d'amour, ce n'est pas la somme de ce qu'elle a fait. Seule la justice s'intéresse aux actions : la morale, disait Schopenhauer, ne s'intéresse qu'aux *intentions*. L'amour aussi. On doit juger ceux qu'on aime sur leurs convictions, leurs ambitions, leurs désirs, leurs aspirations, les qualités qu'ils se prêtent, les défauts qu'ils se reconnaissent, les sentiments qu'ils n'avouent pas et dont il ne faudra jamais attendre de preuve. Et comme tout cela est inconnaissable, il est préférable de ne pas les juger du tout. Prendre les autres tels qu'ils se donnent. Les aimer pour ce qu'ils ne sont peut-être pas, mais qu'ils voudraient être. Les aimer sans preuve, parce qu'on a trop besoin d'eux. Les aimer dans l'absolu.

R. a revu Rebecca un soir où je n'étais pas là. Pour une fois, c'est moi qui étais en déplacement : je faisais la brocante de Lille avec Frédo, mon maître de stage.

Malgré mes beaux principes, je leur en ai voulu immédiatement. Pourtant, qu'avais-je à leur reprocher ? Qui pouvait leur interdire d'évoquer le bon vieux temps ? Quinze ans avaient passé depuis leur mariage manqué : après tout, elle était peut-être mariée, mère de famille nombreuse, empâtée et hystérique ? À moins qu'elle n'ait viré intégriste ? R. ne la supporterait pas dix secondes. Je me raccrochais à cette idée, mais ma bouée s'est vite dégonflée. Quand je suis revenu de Lille, R. m'a raconté l'histoire de Rebecca. Une histoire banale, somme toute. Pourtant, celle de Médée ne m'aurait pas fait plus d'effet.

Elle avait connu de longues périodes de solitude, de dépression même, puis, cinq ans après leur mariage avorté, elle avait trouvé le moyen d'en rater un autre (à ce stade du récit, j'étais presque enclin à la compassion). C'était à cette époque, alors qu'elle explorait le trente-sixième dessous, que leurs chemins s'étaient croisés de nouveau. Il démarrait comme photojournaliste, bouffait de la vache enragée, sortait d'une histoire d'amour compliquée. Bref, il était seul, lui aussi. Il lui avait, paraît-il, remonté le moral, ce dont je ne doute pas, car on peut toujours compter sur son dévouement. Ils ont passé ainsi quelques soirées ensemble…

C'était un an avant que je le rencontre.

Ensuite, plus rien. Rebecca était partie vivre en Allemagne et, pendant un peu plus de huit ans, ne lui avait pas donné de nouvelles – quant à lui, je doute qu'il lui ait envoyé un faire-part pour lui annoncer qu'il venait de se mettre en ménage avec un merdeux de 18 ans. Elle travaillait à Munich, berceau de la famille de R., dans une compagnie d'assurances. Musicienne toujours, très jolie, avec sa masse de cheveux frisés et ses yeux pétillants, elle partageait sa vie entre son travail, la flûte traversière et… l'éducation d'un petit garçon. Un mignon bonhomme tout brun, intelligent et gentil, prénommé Samuel.

Il avait, à leur retour à Paris, huit ans et demi.

À l'instant même où il me racontait ce détail, j'ai senti comme une lame de fer s'immiscer entre nous. Pour lui, c'était le harpon de l'espoir. Pour moi, le piège à loup d'un sentiment qui ne ressemblait même plus à de la jalousie. C'était de la terreur.

Évidemment, un doute subsistait. Elle n'avait, paraît-il, pas voulu lever le voile. R. ne s'était pas risqué dès la première fois, malgré la concordance curieuse des dates, à poser des questions. Je m'y refusais aussi. Je voulais croire que tout cela n'était qu'une histoire sans rapport avec moi, avec nous, l'histoire de quelqu'un qu'on ne connaît pas, une de ces histoires banales que j'affectionne lorsqu'elles arrivent aux autres, une aventure absurde de la vie. Et pourtant, quelque chose en moi voulait *voir*. Satanée curiosité.

Je lui ai proposé de l'inviter chez nous, avec son fils.

Il n'en revenait pas. Je suppose qu'il aurait préféré se perdre encore en conjectures, jouer avec cette idée nouvelle, en explorer les possibilités, réfléchir à sa place dans l'univers et ce genre de trucs. Mais il l'a invitée, parce que c'est ce que je voulais.

Et le petit garçon aux yeux pâles est arrivé.

R. a les yeux clairs, d'un bleu opaque mêlé de vert et de gris, de cette couleur maritime qu'on ne trouve qu'au-delà de la Méditérannée. Iris de nuage, cernés de noir, cachés sous un sourcil sombre et des paupières bistrées. Des yeux d'Afghan, des yeux d'aveugle croirait-on, lui chez qui tout passe par le regard, lui qui sait si bien voir. En regardant Samuel, le doute n'était plus permis. Qu'il soit le fruit d'un retour de flamme subit ou d'un instant d'égarement, le résultat était le même, et il était sous nos yeux, charmeur, souriant et calme, avec des yeux de vague où l'on voudrait se noyer. Une miniature de R.

De façon assez absurde, la première pensée qui m'a traversé aura été le regret que ce ne soit pas une fille. Blonde, si possible. J'aurais préféré. J'ai l'impression que ça aurait pu, pour tout un tas de raisons, désamorcer la bombe qui était en train de nous péter à la gueule. Pour me punir, il a fallu que ce soit un petit ange brun aux yeux d'agathe, qui me demande en revenant des toilettes : « T'es circoncis, toi ? Moi, j'ai pas été. »

Bon, me suis-je dit. Ça fera au moins une différence.

J'ai joué avec lui toute la soirée : Monopoly, morpion, Cochon-qui-rit, *Au clair de la lune, mon ami Pierrot* à deux doigts sur le piano. Pendant ce temps, les « adultes » se racontaient en accéléré les années écoulées. Ils riaient aux mêmes blagues, souriaient des mêmes anecdotes, se racontaient des destinées dont le vide abyssal m'effarait. Le mariage de la sœur de Rebecca en Israël, la cousine établie en Amérique, tonton Lev qui sucre les fraises à Munich, que sont nos amis devenus, etc. J'aurais pu me pendre à une poutre qu'ils n'auraient rien remarqué. Et lorsque le sujet inévitable est venu sur le tapis, elle ne s'est pas défilée, cette fois. Je suppose que le vin que j'avais acheté devait lui ramollir les nerfs. Pour une fois, je n'avais pas bu, moi. Histoire d'avoir les idées claires au moment fatidique. J'écoutais de toutes mes oreilles, mais mes antennes sifflaient déjà depuis un moment, lorsqu'elle a lâché dans un rire qui puait l'abandon :

– Qu'est-ce que tu veux que je te dise ? Tu sais bien que ce n'était pas fait exprès, c'est pour ça que je n'ai rien dit. Maintenant, je ne vais pas te mentir…

J'ai cru que mon coeur allait s'arrêter de battre. Je savais, évidemment que je savais, mais nous balancer ça comme ça, comme si c'était la chose la plus insignifiante qui soit ! *Pas fait exprès*. Mon cul ! Si c'est vrai, j'appelle ça donner de la confiture aux cochons. Quand on vole un trésor, on dit pardon, ou bien on dit merci, mais on ne dit pas qu'on ne l'a pas fait exprès, comme une môme qui fait une connerie ! *Pas fait exprès ?* Merde !

J'ai regardé les yeux du petit qui se fermaient doucement, inquiet à l'idée qu'il ait pu entendre cette phrase qui me glaçait. Quand il s'est endormi sur le plateau de jeu, la tête posée entre *la Caisse de communauté* et la case *Départ*, je regardais fixement la petite locomotive sur la case d'à côté. Je l'ai couché dans le canapé et j'ai eu une grosse envie de l'étouffer avec un oreiller et de planter une fourchette dans le cœur de sa mère. Mais comme je suis un garçon bien élevé, je suis resté à côté de Sam pour lui chanter *Shlof mayn kind*.

Au moment où j'entamais la chanson, j'ai croisé le regard de R. Cette berceuse en yiddish, c'est lui qui me l'a apprise. *Dors ma vie, mon kadish à moi, dors mon petit garçon*. Rebecca a éclaté de rire. Si elle avait su comment R. me la murmurait certaines nuits, sa bouche contre mon oreille, les yeux brillants et le corps en sueur, elle aurait un peu moins rigolé… Mais quelque chose en moi disait qu'il était révolu, le temps des berceuses après l'amour.

Quand elle et l'enfant sont repartis, alors que je débarrassais la table, R. s'est approché de moi. Il m'a caressé les cheveux, la nuque, en murmurant « Merci ». Et pour moi, sa main était comme celle d'un squelette, et sa voix n'était plus sa voix.

Maintenant que j'écris tout cela, je me rends compte que cette soirée n'aura été un cauchemar que pour moi. Pour tous les trois, et pour des raisons propres à chacun d'eux, elle était le réveil d'un long rêve flou, la vérité enfin trouvée. Le soulagement. Je n'ai pas su comprendre cela, sur le moment. Peut-être qu'il m'aurait fallu plus de temps, plus de sagesse aussi. Mais je n'ai pas su. Je ne me suis pas donné le temps. Comme Judas qui sait qu'il va perdre celui qu'il aime parce qu'il doute trop, j'ai précipité le sacrifice.

R. ne voyait pas ce que j'avais en tête, trop occupé à réaliser son fantasme paternel.

Pendant tout le mois de juillet qui a suivi, il a échafaudé avec Rebecca des dispositifs, des plans, qui lui donneraient une place dans cette famille décomposée. Pas question, disait-il, de changer sa vie, notre vie. Pas question, du jour au lendemain, de se faire appeler Papa par un gamin à qui ce mot, depuis toujours étranger, ne venait pas. Pas question d'exiger quoi que ce soit de Rebecca, qui elle-même ne demandait rien. Il était question, simplement, d'un peu de temps passé ensemble, de week-ends, de vacances… En apparence, donc, rien ne changeait.

Il croyait que j'étais content pour lui, il faut dire que je n'hésitais pas à le lui dire, paroles qui me donnaient l'impression d'avaler ma bile à chaque fois. Comment pouvait-il ignorer ma peur, lui qui m'a toujours deviné ? C'était hallucinant. Je voulais voir, je crois, jusqu'où tout cela pouvait aller. Personne, parmi nos amis, ne comprenait mon entêtement à le pousser vers Rebecca, à vouloir qu'ils passent ensemble leurs vacances, leur vie même. La femme, l'homme, l'enfant, sainte Trinité contre laquelle je n'osais pas lutter. Je voulais les voir s'en aller, tous les trois réunis. Et moi dans tout cela, je voulais m'effacer à mon tour, en profiter pour disparaître. Refaire ma vie, ailleurs, sans lui. L'appel de l'abîme, l'envie d'en finir, je connais. Cette fois, c'était différent. Je voulais suicider mes sentiments.

J'avais envers lui l'élan désespéré qu'on a pour les mourants. J'attendais je ne sais quel miracle, qu'il me dise : « Je m'en fous, d'elle et de son gosse ! » J'attendais qu'il me comprenne et, muré dans le silence, je me faisais de plus en plus insondable... Histoire que le miracle ait plus de valeur.

Au lieu de cela, tout ce qu'il a su faire était de me proposer de venir avec eux. Rien que d'y penser, j'ai le poil qui se hérisse, comme Staff.

Ce dégoût que je ressens, il est intact.

Je m'en rends compte, en l'écrivant. Ma lèvre supérieure me démange comme si j'allais éternuer. Ça doit être un réflexe animal. Tout ça devrait être apaisé, pourtant. Oh, ce n'est plus de la jalousie, non, parce qu'il n'y a pas de concurrence, ou s'il y en a une, elle ne m'oppose pas à Rebecca. Je n'ai jamais cru sérieusement qu'il vivrait avec elle, et la suite me l'a confirmé. Sa libido n'est pas versatile à ce point-là. Le vrai rival, c'est Sam.

C'est de lui que vient le danger, parce que ce qu'il lui donne, il m'en prive. Ce dont j'ai besoin plus que tout, et que lui seul m'aura donné, c'est une forme d'indulgence infinie, illimitée, doublée d'une exigence vertigineuse. Je ne devrais sans doute pas avoir besoin de ça. Pas à mon âge, pas avec lui. C'est ainsi, pourtant.

Mais c'est elle que je déteste. Rebecca.

Pour se trouver un compagnon, pour se sentir moins seule, pour se venger peut-être, en réapparaissant elle a réveillé tous les petits fantômes morts avec elle, toutes les vies que R. n'aura jamais, tous les enfants qu'il aurait pu avoir. Elle lui a offert ce qu'il n'espérait plus. Et le pire, c'est qu'elle prétend que c'était involontaire ! Moi, avec la meilleure volonté du monde, je n'ai jamais rien su lui offrir. Même pas un Leica. Je suis nul en cadeaux. Dès le départ, elle était plus riche que moi. En plus de son sexe, elle bénéficiait d'atouts très puissants : la famille, la culture commune, les racines. Dans la tradition ashkénaze, la mariée tourne sept fois autour de son époux. Elle n'a jamais fini de tourner, Rebecca. Et moi, je suis au point mort.

Ils sont partis tous les trois au bord de la mer. Pour la première fois depuis des lustres, R. prenait de longues vacances. Nouveau coup de poignard pour moi, qui n'attendais que cela, partir avec lui, comme Rosa et Nathalie le faisaient, comme nous l'avions fait tant de fois par le passé : un sac à dos, une moto, une carte routière et *basta, la nave va*. Loin de cet idéal aventureux, le monospace de Rebecca les a menés en Bretagne. Je les voyais déjà, courant main dans la main dans les goémons à Plougastel, se bâfrant de moules à Dinard, se trémoussant au son du biniou dans un fest-noz. Mon imagination est un fléau. Je voyais Sam juché sur les grandes épaules de R., les doigts d'enfant agrippés à ses cheveux noirs comme une sale petite araignée…

Je n'ai pas attendu qu'on m'envoie une carte postale.

Trois jours après leur départ, j'ai quitté Paris.

Comme un lâche, j'avais tout organisé à l'avance, sauf les adieux.

Quelques mois plus tôt, avec Frédo, j'étais allé dans la Sarthe, pour un congrès d'antiquaires au Mans. J'avais trouvé le coin très vert, très tranquille, un peu paumé, juste comme j'aime. En chemin, j'avais remarqué de nombreuses maisons à vendre sur le bord des routes. « On a ça pour une bouchée de pain », m'avait dit Frédo. En quittant Paris, j'ai immédiatement pensé à m'installer là-bas. J'avais l'impression que tout y serait possible. Je venais d'obtenir mon permis de conduire, non sans mal, et Frédo m'a prêté sa camionnette. J'y ai mis toutes mes affaires, en huit ans je n'avais pas amassé grand-chose.

À La Flèche, j'ai loué une chambre en meublé, au-dessus d'une crêperie, derrière l'église : c'était la maison de Jean-Michel.

À côté, la cure, grosse bâtisse pourvue d'un jardin, était prolongée par une grange transformée, il y a quelques années, en local pour les scouts, avec une vitrine où figuraient encore des affiches à la gloire de Baden-Powell. Depuis, les scouts avaient déménagé, les locaux étaient vides. J'ai commencé à parler autour de moi de mon projet d'ouvrir une brocante. J'en discutais avec Jean-Michel, avec la patronne du bar *Chez Yvonne*, qui en a parlé au maire, son beau-frère. Dans la même semaine, le maire, le curé et moi avons trouvé un accord. Le local des scouts, que le curé m'abandonnait, m'était loué par la mairie au prix du bail du presbytère, c'est-à-dire pour une somme dérisoire.

Tout semblait orchestré, joué d'avance. Je prenais ma place dans une formation qui n'attendait que moi.

Pendant que je m'installais à La Flèche, R. a appelé sur mon portable ; il s'inquiétait de ne pas me joindre à la maison, voulait savoir où j'étais. « En vacances », c'est tout ce que j'ai dit. *Vacance*, nom féminin : état de ce qui est vide, inoccupé, libre.

Quand il est rentré chez nous, je n'y étais plus. Plus rien de moi n'y était. J'avais tout effacé.

R. a découvert l'appartement amputé d'une moitié de vie. Armoires vidées, vaisselle divorcée, mon petit bureau disparu, ainsi que les livres, cahiers, disques, photos et dessins sur les murs, je n'étais même plus là en peinture. Et rien, rien, il avait beau chercher : pas une lettre, pas un mot. Mon téléphone sonnait sans arrêt. Je n'ai pas décroché. Pendant plusieurs jours, j'ai fait durer le silence, non par cruauté comme il l'a cru, mais parce que j'avais peur. Lorsqu'enfin j'ai eu le courage d'accepter la communication, j'ai entendu d'abord un long soupir de soulagement. Et aussitôt, je me suis pris une bordée d'injures inouïe. Je ne m'étais pas tué ? Parfait ! Il allait pouvoir s'en charger lui-même…

Il était d'une violence effarante, que j'avais déjà soupçonnée sans jamais la voir à l'œuvre. R. a toujours été un modèle de tempérance, le genre d'homme qui *en impose*, comme on dit, précisément parce qu'il ne s'énerve jamais. Je savais qu'il n'en était pas incapable, je le connaissais trop bien dans l'intimité pour ignorer cette force de lion qui déteste qu'on lui tienne tête… Mais il se contenait. Cette fois, la digue avait lâché. Les insultes pleuvaient, puis d'un coup elles se sont taries, le langage ne lui suffisait plus. Au milieu d'une phrase, il m'a raccroché au nez.

J'ai essayé de le rappeler, quelques jours plus tard, pensant qu'il s'était calmé. Mes tentatives se heurtaient à des phrases comme celle-ci : « Rien que de t'entendre, j'ai envie de gerber. » Son copain Gégène, que j'avais eu au téléphone entre-temps, m'a appris qu'à la stupeur générale, R. s'était fracturé le pied droit en défonçant une porte, à l'agence. Une porte coincée, dont la serrure lui résistait : il l'a dégommée à coups de pompe. Ensuite, évidemment, il était encore plus énervé : les métatarses en compote, pas facile de démarrer la moto au kick…

Je ne l'avais jamais vu… *personne* ne l'avait jamais vu comme ça. Quand je pense à sa colère, j'ai honte. Comment ai-je pu le faire sortir de lui-même à ce point ? Sa violence me donnait la mesure de la mienne. Car quitter quelqu'un qui vous aime, du jour au lendemain, sans raison, c'est un acte d'une rare cruauté. Qu'on me croie ou non, mais en le faisant, je ne le savais pas.

Je la méritais, ma dérouillée. Quand j'ai compris ce que j'avais fait, je l'ai désirée, intensément. Que mon archange tourne en furie, en lion blessé, en dieu vengeur, qu'il me frappe, me saigne à blanc ; j'aurais été trop heureux. Comme le chien repentant, je lui aurais léché les mains. Mais il n'a pas voulu. Me toucher, même pour me battre, c'était au-dessus de ses forces. « Il ne vaut mieux pas qu'on se revoie, m'avait-il dit. Je voudrais que t'ailles crever loin de moi. » Et je savais que c'était vrai, parce que ce n'est tout simplement pas *son genre*, de dire ça. Pour quelqu'un qui n'a jamais su dire « Je t'aime » qu'en chuchotant dans le noir, c'était déjà un meurtre.

Je suis finalement revenu à Paris, pour rendre sa camionnette à Frédo et régler quelques détails à la banque.

Je voulais retrouver R. en terrain neutre. Pour m'expliquer, mais aussi revoir son visage, entendre sa voix. Il commençait à me manquer tellement que j'aurais pu hurler. J'ai dû insister, il a fini par accepter. Je suis passé à Drancy, au studio où il développait ses photos. L'entrevue a duré cinq minutes, montre en main. Il était méconnaissable. C'est ce jour-là qu'il a déchiré devant moi la photo *à la chemise blanche.*

« Tu vois cette photo-là ? Eh ben, elle n'existe plus ! Et toi non plus, tu n'existes plus ! »

Muni de ce viatique, j'ai repris mon train pour Le Mans. Impossible de rester assis sagement sur un siège, le monde entier voulait ma mort. Le regard des autres me brûlait. Debout dans le sas entre deux wagons, j'ai écouté le vacarme assourdissant des rails, la tête appuyée aux accordéons de caoutchouc gris... J'étais rendu à mon squelette. Sous ma peau, la structure de métal était à vif, chacun de mes os grinçait dans un crissement de chemin de fer.

Sa souffrance à lui, j'avais eu beau la voir, je n'y croyais pas. Il m'en voulait, bien sûr, mais ça passerait, il comprendrait que j'avais agi pour le mieux de nos intérêts. N'était-ce pas au fond ce qu'il voulait, en me poussant toujours plus loin, en m'imposant de prendre des risques, en m'encourageant sans cesse à m'émanciper ? Il avait voulu sa liberté et me rendre la mienne : je n'étais coupable que de l'avoir compris mieux que lui. J'étais en pleine fable, quelque part entre la revanche de Galatée sur Pygmalion et l'inépuisable martyrologe. Tout pétri de ma morale à deux balles, je lui ai écrit une grande lettre que j'espérais bien tournée, où j'avais mis ma poétique de bazar, ma rhétorique, ma logique et ma métaphysique. Je pensais qu'il la lirait assis dans un fauteuil, la tête froide et reposée, qu'il me trouverait très intelligent, comme toujours, et très sage.

Pour y répondre, il a vaincu son aversion. Il m'a appelé.

C'était un soir, dans ma piaule au-dessus de la crêperie. Je me souviens que je me suis assis sur le bord de la fenêtre, les jambes coupées comme quand j'ai trop marché. J'avais une cigarette aux lèvres, et même plus la force de l'allumer. Pendant qu'il me parlait, je fixais le toit de l'église en face, incapable d'en détacher les yeux, comme on s'accroche à une dernière image avant de sombrer.

Point par point, il a tout démonté : mes belles phrases, mes arguments à la noix.

Il m'avait toujours laissé libre de tout, au prix d'un effort sur lui-même que je n'avais jamais deviné. Il m'avait connu à dix-huit ans suicidaire, anorexique, dépressif : sa seule exigence, pendant des années, avait été que je vive et que je sois heureux. Pour cela, il avait encaissé sans broncher tous mes démons… Tout ça pour quoi ? Parce que ça valait la peine de me redonner la vie, j'en doutais peut-être, mais pas lui. S'il était avec moi, il savait pourquoi, j'étais bien le seul à croire que c'était par hasard. Les choix cruciaux, il ne m'avait pas attendu pour les faire – et ce n'est pas parce que son ex-fiancée revenait d'entre les morts avec sa progéniture qu'il allait virer encore une fois sa cuti. Ma peur n'était donc que le fruit de mon imagination malade, ma peur était *mon* affaire, pas la sienne. J'avais décidé, tout seul, qu'il me préférait Sam : c'était *moi*, insistait-il, qui avais un problème avec la paternité, pas lui. Il disait que je n'avais pas à décider de ce qui faisait son bonheur. Que si je refusais de croire que j'en étais responsable, c'était *moi* l'égoïste incapable de s'engager. Je me posais en victime pour excuser mon manque de confiance. Assassin, juge et bourreau, je m'étais fait mon petit tribunal tout seul, dans mon coin. Il m'accusait enfin d'avoir voulu exercer ma cruauté, tester mon pouvoir, en mesurer l'étendue, parce que je crevais de trouille et de jalousie et que j'étais trop orgueilleux pour le reconnaître.

Le plus atroce dans tout cela, c'est que j'étais d'accord.

Quand il m'accusait de la sorte, je trouvais ça pertinent. L'instance au-dessus de moi croisait ses bras de fumée comme le génie de la lampe, et m'assénait : « Tu vois, j'avais raison, personne au monde ne te connaîtra jamais comme lui. »

À la limite, je jouissais de ses accusations. Elles prouvaient par leur justesse combien nous étions proches. Combien il était doué pour me comprendre, combien j'étais pour lui transparent et nu… Et pourtant, je m'entêtais. D'une voix de résistant torturé, je continuais à nier. Je n'avais rien à avouer : non, je n'étais pas cruel, je ne lui voulais pas de mal ! Au contraire, j'avais fait ça pour lui ! Vraiment, il serait mieux sans moi, tout serait plus simple. Qu'il vive sa vie, avec Rebecca et leur gosse et tous les amants qu'il voudrait, tous les départs, tous les voyages, tous ses mystères de courant d'air : qu'il vole, mon ange, loin de moi, ça ne me regardait plus, je voulais cesser de me torturer. L'aimer libre et absent.

Je ne savais plus à la fin si ce que je disais était ma vérité, ou bien une sorte de construction théorique, si je n'étais pas en train de me raconter un roman dont j'étais le héros. Quand il m'a dit pour finir : « Tu crois que tu m'aimes, mais tu en es encore loin », je sais désormais qu'il avait raison.

Dans ma peur d'être abandonné, je n'ai pas su voir autre chose que ma propre angoisse. Finalement, ce n'était pas Rebecca qui triomphait, c'était mon propre fantôme. Éric m'avait repris. Éric qui me disait, comme le crâne de Yorick à Hamlet, que tout est vain et que la seule chose sûre, sur cette terre, c'est notre fin.

*

Pendant l'automne qui a suivi, j'ai bossé comme un malade. Je repeignais les murs du magasin, fixais des étagères. Avec une Estafette empruntée à un antiquaire du Mans, je sillonnais les routes pour constituer mon fonds de commerce. Mes dernières payes de modèle y sont passées, je suis arrivé malgré tout à ne pas entamer le pécule que je m'étais réservé. Le long des routes, je regardais les maisons à vendre. Je suis passé souvent devant la mienne : avec ses barrières blanches et ses volets verts, les orties et les ronces devant la porte d'entrée, je l'avais remarquée…

Un jour, sur la route du Mans, j'ai vu un chien divaguant sur le bas-côté. Je me suis dit : « Ce soir, il faudra faire gaffe en rentrant : il sera sur la route, tout plat. » Dans la journée, j'y ai pensé plusieurs fois, me reprochant de ne pas m'être arrêté. Mais dans la lumière des phares, le soir, à quelques kilomètres du lieu où je l'avais croisé le matin, j'ai entrevu les yeux du chien. Des yeux bien vivants, phosphorescents. Je me suis arrêté sur le bas-côté, j'ai sifflé. Le chien est accouru aussitôt. Accouru est un peu exagéré : disons qu'il a boité de toutes ses forces jusqu'à moi. Pas de collier, une patte cassée. Je n'ai pas hésité.

Il s'est retrouvé sur le siège en skaï à côté de moi, puis contre un radiateur dans l'appartement au-dessus de la crêperie. Jean-Michel n'a pas fait d'histoire, il m'a même donné des déchets de jambon et des œufs périmés. Le régime bouillon de poule + gras de cochon a semblé lui convenir. Je n'avais pas assez d'argent pour payer le vétérinaire, alors je lui ai confectionné une attelle comme je l'avais vu faire à mon chien Bakou, il y a des années.

Je lui ai donné un nom, Terry, et les jours ouvrés, je le traînais à la boutique, m'attendant vaguement à ce qu'il meure de sa belle mort dans le carton sous le bureau où je l'avais installé. Au lieu de cela, très vite, il s'est mis à remuer la queue quand les clochettes de la porte tintaient. Quand j'ai commencé à me promener avec lui dans La Flèche, plusieurs personnes m'ont dit qu'elles l'avaient déjà croisé. Terry est facilement reconnaissable, avec ses taches noires. J'ai attendu qu'un propriétaire le réclame, mais depuis plus d'un an et demi, personne ne l'a encore fait.

Pendant mon premier hiver, j'ai acheté un ordinateur pour faire ma comptabilité. Un modèle d'occasion, revendu par un copain de l'école du Louvre. Il est venu me l'installer, et Jean-Michel, appelé en renfort, a déclaré que je pouvais même avoir l'internet. Je n'en demandais pas tant.

Cependant, pour voir si la ligne fonctionnait, j'ai envoyé quelques messages : à Myriam, mon amie de Strasbourg, à Frédo, à des copains de fac et, pourquoi pas, pendant que j'y étais, à R. C'est dans ce message que je lui ai demandé de me rendre mon cahier noir, contenant mes notes sur Rosa Bonheur. Pendant des heures puis des jours, j'ai guetté sa réponse.

J'avais hâte chaque matin de me rendre à la boutique pour allumer l'ordinateur. Je dois même avouer qu'il m'est arrivé, les nuits d'insomnie, de descendre en chaussettes… Heureusement que j'habitais alors la maison voisine, mais je crois que j'aurais fait des kilomètres dans la nuit. Dans ce genre de situation ridicule, je me dis que j'ai encore dix ans d'âge mental.

Un soir, alors que j'étais allé promener Terry, je suis revenu par la boutique et j'ai allumé l'ordinateur. Dans la liste des messages reçus, un e-mail sans objet faisait un trou. C'était le sien. Un médecin qui m'aurait pris le pouls n'aurait pas manqué de me coller un masque à oxygène. D'un doigt tremblant sur la souris, j'ai fini par ouvrir le message. Il tenait sur une ligne.

« J'ai retrouvé ton carnet. Dis-moi où et quand. J'arrive. »

8. L'état de grâce

Les oiseaux sont de retour. Plus de corbeaux freux, mais des merles, des pinsons, des mésanges. Ils chantent des heures entières. Ça pépie de partout. Difficile de croire alors que le monde va finir, et pourquoi finirait-il ? Pourtant je le redoute et cette pensée fait un trou dans ma joie.

Simone Weil dit que pour accéder à l'état de grâce, il faut renoncer à exercer sa propre puissance, accepter d'être faible et refuser de chercher à maîtriser sa vie. Et que ce n'est qu'alors, au fond de ce gouffre de désespoir et de vulnérabilité, que se prépare notre révolution.

Soit. Allons-y, Simone ! Appelons ça l'état de grâce.

Samedi dernier, c'était la grande brocante du 1er mai.

La veille, j'avais passé pas mal de temps à faire entrer dans l'Estafette toutes les babioles empaquetées, des caisses entières et bien lourdes. Je n'avais laissé que quelques fauteuils trop encombrants et le piano, trop gros.

Couché à neuf heures, je me croyais prêt. Mais je n'ai pas arrêté de me relever pour voir si je n'avais pas oublié l'une ou l'autre chose que je voulais emporter.

Un peu après trois heures, j'émerge, le réveil hurlant à côté de moi. Je me lève sans bousculer les chats, ni la Rousse revenue qui dort sur mon lit, ni son héritier rayé qui me saute dessus dès que je bouge un orteil. Je descends ; il fait froid mais on sent que dans l'air, quelque chose de doux se prépare. Je jette un œil par la fenêtre. La rosée brille sous la lune. Je me fais bouillir un vieux café ; devant la flamme du gaz, je me chauffe les mains. Staff roupille encore, Terry remue la queue, quémande un sucre. La lune brille, les étoiles scintillent. C'est maintenant qu'il faudrait partir aux champignons, c'est l'heure et c'est la saison : je n'ai jamais essayé, encore un truc qui reste à découvrir dans ma vie.

J'avale un morceau de pain, du chocolat, je m'habille et je pars. Les chiens sont sur le siège à côté de moi, Staff bave sur les vitres.

On arrive au pré, il est quatre heures et demie. Les premiers exposants sont déjà là, les professionnels mais aussi des particuliers insomniaques qui doivent piaffer d'impatience dès deux heures du matin. J'installe les tréteaux, l'auvent pour le soleil et les bâches pour la pluie, il faut tout prévoir. Je boucle autour de ma taille ma *caisse* de cuir qui se ceinture, peu à peu tout prend forme. Le chaos issu de ma camionnette devient cohérent. Les organisateurs passent contrôler les emplacements réservés, le jour est levé. Les premiers visiteurs arrivent, les antiquaires d'abord, et les chineurs patentés. Autour des stands de buvette, on installe des tables, des bancs de sapin, les réchauds et des frigos, des fûts de bière en pression, des marmites pour l'huile des frites. Un collègue passe me dire bonjour, avec une baguette sous le bras pour le casse-croûte de sept heures. Il me tient le stand cinq minutes afin que j'aille moi aussi à la boulangerie la plus proche, où des vendeuses en tablier blanc tourbillonnent déjà. Ça bourdonne. C'est un samedi de marché à La Ferté-Bernard.

Vers onze heures, je vends trois plaques émaillées à un collectionneur, j'ai presque gagné ma journée. Le soleil est chaud, l'air sent bon, le gros des troupes va arriver, ceux qui viennent pour les merguez et la bière.

À midi, je sors de vieilles revues de la camionnette. Une ombre passe. Je me tiens derrière le stand, les yeux rivés à un tambour d'enfant rouge et vert. J'ai un peu froid malgré la chaleur, c'est le coup de barre. Alors, le menton sur la poitrine et les poings enfoncés jusqu'au tréfonds des poches, je commence à somnoler debout, comme les chevaux.

« Bonjour ! Je cherche un livre sur Rosa Bonheur… » fait une voix. Je lève la tête.

Il est là.

Il sourit, content de sa malice. Après la décharge d'adrénaline, j'ai les jambes qui flageolent.

R. contourne le stand, enjambe le cheval de manège bariolé que je place en avant-poste.

– T'es livide. Désolé, je t'ai fait peur. Alors, les chiens, ça va ?

Attaché à la porte de la camionnette, Staff se tortille en gémissant, Terry fait des bonds de chien de cirque. Ils ont droit à ses caresses, pas moi, je suis paralysé. Je fais un effort pour ouvrir la bouche.

– Tu viens d'arriver ?

– Ça fait une demi-heure que je tourne. Dis donc, c'est grand ! répond-il en s'agenouillant dans l'herbe pour flatter Terry. Il y a beaucoup d'exposants ?

– Dans les quatre cents, il paraît. C'est pas mal.

Il m'explique qu'il a garé sa moto dans un champ transformé en parking pour l'occasion, qu'il a gueulé contre le type à l'entrée du pré qui lui réclamait le même droit de stationnement que pour les voitures, qu'il est parti de Paris à neuf heures, au milieu des bouchons, embouteillages du week-end sur le périphérique ouest.

– Mais comment tu savais… ?

– Un 1er mai, il y a toujours une brocante quelque part, non ? J'ai vu sur internet que c'était la plus grande du coin, alors par déduction…

N'importe qui, dans cette situation, me téléphonerait la veille, me demanderait ce que je fais, où je vais, conviendrait d'un rendez-vous… Mais pas lui. Il préfère jouer les Sherlock Holmes, au risque de passer sa journée à me chercher en vain.

C'est la première fois qu'il vient me voir sur une brocante. Mon bric-à-brac, il le connaît ; à la boutique, à la maison, il s'est déjà amusé à fouiller mon fonds de commerce. Je le laisse faire le tour, on dirait un môme dans un magasin de jouets, Ali Baba dans sa caverne. Je vends une tête de *Pierrot gourmand :* un présentoir à sucettes en porcelaine écaillée ; il lui tapote le béret avec un sourire entendu et me jette un regard amusé. Puis il repart en exploration autour du stand.

Voilà deux mois et demi que je ne l'ai pas vu.

Je ne sais toujours pas où il était parti, mais à voir son visage bronzé, ses traits creusés, je devine quelque pays arabe, moyen-oriental, comme d'habitude. J'attends encore pour l'interroger, on verra ça plus tard.

La teinture noir et blanc de son blouson de moto laisse apparaître par endroits un cuir usé, patiné, qui craque quand il bouge. Ce bruit minuscule, si caractéristique, perdu dans la cohue de la brocante me rend à moitié dingue. Mes yeux s'arriment à la poche arrière de son jean, où le paquet de tabac et le briquet font une bosse, puis remontent à sa nuque brune d'où part le trapèze, muscle chez lui évident, point de départ d'épaules larges et d'un dos très long où l'échine creuse un sillon – je ne le vois pas, ce sillon, mais je le connais, et cette connaissance me remplit d'une forme de fierté, comme si j'étais dans le secret des dieux. Il se tourne un peu, la drôle de tache blanche dans ses cheveux noirs m'apparaît et, dans le contre-jour, son profil au nez busqué se découpe, tandis que ses longs doigts, nerveux, osseux, continuent à feuilleter un livre sur lequel tombe un rayon de soleil…

Tout disparaît, la brocante et ses quatre cents exposants, le soleil et l'auvent qui nous en protège ; le ciel a fondu, les objets disparu, je suis dans le désert le plus silencieux du monde. Je voudrais lui dire que personne n'aura jamais dans le cœur ce que j'ai pour lui, ce sentiment qui balbutie, qui me colle la nausée, qui me donne envie de chialer. Mais ce serait certainement prétentieux et très mal venu. Et puis, je n'ai pas encore bu…

Alors tout revient, le bruit, les voix, l'odeur des merguez.

Vers treize heures, je le laisse aux commandes et pars au ravitaillement. Je croise des collègues, on m'offre un blanc-cass', une clope, je cause avec un bibliophile rencontré le mois dernier et qui promet de passer voir mes livres. Quand je reviens, les mains chargées de sandwichs aux rillettes et de hot-dogs dégoulinants de moutarde, R. discute avec une jeune femme intéressée par un téléphone années 30 en bakélite. J'imagine qu'il n'a pas la moindre idée de sa valeur, mais il lui fait l'article quand même, sans complexe. Caché dans la foule, je me marre. Il vendrait du sable à un Bédouin. Il s'est coiffé d'un chapeau claque, un vrai haut-de-forme à ressorts du dix-neuvième siècle, d'un noir de jais, invendable. Quelque part entre Arsène Lupin et le Baron Samedi, je lui trouve une classe canaille, un chic à tomber raide. On pourrait lui chanter *Milord*.

À ses côtés, j'ai toujours peur de ressembler à un chien qui remue la queue. Je prends mon air de rabat-joie.

– Qu'est-ce que c'est que cette tenue ?

– Hein ? Le chapeau, mais il était dans ta camionnette ! proteste-t-il. C'est marrant, ça attire les gens… Tu devrais le mettre, toi !

Il essaie de m'en coiffer, ce que je ne supporte pas : à part un bonnet pour marcher sous la pluie, ma tête refuse tout. Il insiste, ça dégénère en jeux de mains, jeux de vilains. La jeune femme s'éloigne, renonçant au téléphone en bakélite, mais là, alors même qu'il essayait de me tenir les poignets d'une main pour me jeter le chapeau sur la tête, R. lui lance cette phrase surréaliste :

– Et si ça sonne pour vous, on décroche ?

Prise à l'hameçon de l'absurde, harponnée par un charme que je ne suis pas le seul à trouver irrésistible, la fille revient. On plaisante, elle rit, recommence à négocier le prix avec moi, et repartira avec son téléphone sous le bras.

Vers le milieu de l'après-midi, les *pros* remballent. Je commence à ranger. R. enveloppe dans du papier journal un kaléidoscope qu'il veut offrir à Samuel et que je lui ai vendu, pour cette raison, ridiculement cher – moi qui lui donnerais mes deux reins sans attendre un merci. Il le sait, mais n'a pas bronché – lui qui marchande tout, d'habitude. *Cœur pour cœur, dent pour dent, telle est la loi des amants,* chante Mouloudji… Pendant que j'ausculte un poste à galène avec un papy, R. s'en va faire un tour et me ramène un livre, qu'il cache sous son pull. Il le sort alors que nous sommes accroupis dans le fourgon, en train de rouler un tapis. C'est un recueil d'un de mes poètes préférés, T. S. Eliot : *Old Possum's book of practical cats.*

– Tu connais ?

Je démens. Il paraît que c'est un livre que devraient connaître tous les amoureux de la race féline, parce qu'on y trouve cette curieuse légende des *trois noms du chat*… C'est exactement ce qu'il me fallait : je lui parle de mon chaton, ce limaçon qui me suit partout et que je n'ai pas encore nommé.

– On s'occupera de lui ce soir, promet-il.

On croirait qu'il s'apprête à lui faire sa fête comme à un lapin de Paulette… Mais en attendant ces réjouissances, il reste une heure de route à faire. Je conduis par à-coups, dans un état second, le soleil de mai en pleine poire. Le pare-brise sale se transforme en écran irradié qui m'aveugle. Un sommeil brutal m'assaille ; mais les anges de la route me surveillent sans doute et redressent le volant quand je ferme les yeux. Au Mans, à un carrefour, R. me double : il m'adresse un geste de la main, puis je vois sa moto se faufiler dans la circulation.

Il sera chez moi avant moi, pensée troublante.

Lorsque je rentre d'une brocante, j'ai besoin de calme. Généralement, je bois un café, je fais mes comptes et je me couche tôt. Ce samedi, la petite routine s'est cassée ; comme une gentille mécanique qui se grippe, tout a commencé à se déboulonner, à partir en vrille. Quand j'ai garé la camionnette, la chèvre de Paulette m'a accueilli avec des bêlements hystériques, sans doute pour m'avertir qu'un intrus venait de pénétrer dans la citadelle. C'est vrai qu'elle ne connaissait pas encore R., la pauvre. Je suis allé la caresser, elle m'a mâchouillé la main en tremblant, inquiète.

Je suis entré, précédé des chiens qui cherchaient leur copain en aboyant, j'avais un fauteuil sur le dos et un carton dans les bras, tout s'est cassé la gueule à la cuisine. Comme ce n'est pas mon genre de demander un coup de main, j'ai continué à décharger en solo, tandis que R. préparait du thé le plus sereinement du monde. Et dans l'attente du degré idéal d'infusion, car Monsieur est un maniaque, il sifflotait en me regardant transpirer… Deux allers-retours plus tard, je le retrouve au salon, au milieu du bordel que je venais de recréer, en contemplation devant le piano droit.

– Qu'est ce que c'est que ça ? me demande-t-il.

– Un piano, que je réponds. Comme si ça ne se voyait pas. Un piano droit Érard 1920, cadre en fonte, plaqué noyer. Bon état.

– Tu vas le revendre ?

Je dis que oui, si je trouve preneur. Mais aussitôt, je sens mon cœur se pincer. R. me plante dans les yeux son regard d'aigle.

Il n'ajoute rien, soulève l'abattant et inspecte le clavier. Il fait sonner quelques touches, le son est franchement caverneux. Je me suis renseigné : sur un piano ancien, la restauration peut coûter très cher. Ici, à la campagne, et particulièrement dans ma maison, les variations de température et d'humidité risquent de lui être fatales. Sans parler de l'accordeur, que je n'imagine pas se déplacer aux Champs baillés. R. fait basculer la partie de bois qui cache les mécaniques. Il inspecte le cadre, le sommier, les cordes.

– Si tu trouves des souris, sors-les pour amuser les chats...

Mais il continue son exploration sans répondre. L'heure est grave. On dirait une opération à cœur ouvert.

Je vais nourrir la Rousse qui miaule comme une perdue dans la cuisine. Elle est en cloque, la faute en est sans doute au matou de Paulette, car nul mâle reproducteur ne s'est pointé le long de la nationale ces derniers temps. En tout cas, elle a de gros besoins en protéines. Quand je reviens, R. délivre son diagnostic :

– T'as du bol, il a déjà été restauré. Je te l'accorderai, j'ai noté le numéro de série. D'ici la prochaine fois, tu ne le vends pas, hein ?

Sur le coup, j'ai envie de lui demander pourquoi. Mais je ferme ma grande gueule. *La prochaine fois.* Il l'a dit. *Je te l'accorderai,* c'est du futur simple, ça. Maintenant, je sais pourquoi j'ai acheté ce piano invendable. Saint Machiavel, priez pour moi.

C'est l'heure du thé. Je mets trois sucres dans le mien, parce que j'ai faim et que je suis crevé, un peu aussi pour l'agacer, à cause de l'arôme qu'il a passé du temps à rechercher et que je flingue sans vergogne. Et en effet, je ne sens même plus le goût du thé, c'est juste une mixture chaude qui va bien avec la cigarette. Il écarquille les yeux, braque sur moi leur bleu impitoyable. Je viens de réussir à l'énerver.

Tant pis pour lui, il n'avait qu'à répondre au téléphone, ces deux derniers mois. Nous échangeons un sourire carnassier. Je finis par lui demander, à bout de force : « T'étais où ? »

– Égypte…, lâche-t-il en soufflant sur son thé.

– Ah ! T'as visité les pyramides ?

– T'es con. T'écoutes jamais la radio ?

– Si. La météo.

Il remarque sur le mur de la cuisine la photo d'un bébé aux gros yeux ronds, une photo que j'ai reçue par la poste il y a quelques semaines : le fils de mon amie de Strasbourg vient d'avoir six mois. J'aime bien sa bouille ahurie. Il me rappelle mes chats.

– C'est qui, le bambin ?

– Le bébé de Myriam, tu sais… Ma copine.

Il fait une moue dont je comprends mal la signification, alors je poursuis sèchement :

– Tu vois, moi aussi, j'ai mon mioche, pour mes bonnes œuvres. Comme ces vieilles rombières qui ont *leurs pauvres*… Ça soulage, hein ? Ça donne bonne conscience.

– T'es ignoble, quand tu t'y mets.

Il me dit ça d'une voix tendre, avec un sourire dedans, comme si c'était le plus beau compliment qu'on puisse me faire. Ma nervosité retombe aussitôt. On s'est compris. Je serais incapable de dire ce qu'il y avait à comprendre, et pourtant, la certitude est là. On joute avec des armes invisibles, les yeux bandés. La règle du jeu est si obscure qu'aucun de nous ne saurait l'expliquer. Quand les passes d'armes seront terminées, chacun aura de l'autre une idée très précise des faiblesses, des forces et des besoins. Voilà des mois que c'est comme ça, presque deux ans de chevalerie, faudra penser à se faire adouber…

Je lui montre d'autres photos, celles que j'ai prises il y a deux mois dans les champs, avec le ciel orange, le crépuscule flamboyant. Il les passe en revue, sans commentaire, comme on bat un jeu de cartes ; il en extrait une seule, qu'il agite sous mon nez. « Celle-là, je te la prends. » On y voit un poteau télégraphique sur fond rose et jaune.

– Qu'est-ce que tu vas en faire ?

– Je la veux, c'est tout. Elle est belle.

– Et si je ne voulais pas ?

Le silence est tendu comme une corde d'archet. J'ai le temps d'observer son visage d'un calme hiératique, ses lèvres minces, au pli ironique et froid ; son menton à fossette, la cicatrice sur sa tempe droite qui creuse un sillon dans les cheveux. Mon cœur bat plus fort. La sous-couche sentimentale commence à craqueler sous le vernis… Il sourit enfin. Son sourire, c'est l'arme fatale. C'est tout son grand cœur qui sort prendre l'air, sa bonté qui respire. Je me rends, absolument vaincu.

Il se frotte la tête, comme quand il vient d'ôter son casque. Ça fait pourtant un moment qu'il l'a quitté. Parfois quand il fait cela, j'ai l'impression que c'est son cerveau qu'il veut ébouriffer. Donner de l'air, lâcher du lest : il quitte le heaume. On va pouvoir causer *pour de vrai*…

– Si tu ne me la donnes pas, ta photo, ça m'est égal. Je la prendrai quand même. Si tu savais…

– Quoi ?

R. cherche son paquet de tabac, déplie une feuille à rouler. Il prend tout son temps.

– Ce que je t'ai déjà piqué sans que tu le saches… Tu serais surpris.

Je le suis déjà. J'essaie d'en savoir plus, mais il roule sa clope sans répondre, toujours le sourire aux lèvres.

Ça y est. Je commence à comprendre…

Depuis que je suis aux Champs baillés, j'ai *perdu* pas mal d'objets. Un carnet de notes plein de dessins, un bonnet que je mettais pour courir, un canif. Mon disque de Mouloudji, mystérieusement échappé d'un carton scellé. Et aussi des maillots de sport, usés jusqu'à la corde, troués et imbibés de sueur, que je l'ai vu rouler en boule pour les jeter. Il avait prétendu les avoir brûlés au jardin, mais je n'ai jamais vérifié. Aurait-il vraiment gardé tout cela ? Où, et pourquoi ?

Mon cœur tape maintenant à me faire mal. J'essaie de parler d'une voix ferme, mais ça devient de plus en plus difficile.

– Et tu comptes faire quoi de tout ça ? Ouvrir un musée ?

Il rit. Son Zippo crache une flamme malodorante. Il le repose sur la table. C'est un vieux briquet au métal rayé, au mécanisme usé, cent fois perdu, cent fois retrouvé. Un souvenir de son père.

– Un musée ? Pourquoi pas… Rebecca appelle ça ton *mausolée*. Elle se fout de moi, quand elle vient me voir.

Rebecca ! Ben voyons… De quoi elle se mêle, celle-là ? Entre l'arbre et l'écorce, on ne vient pas foutre ses pattes, même délicates. Je grogne :

– Un mausolée, c'est pour un mort. Elle m'enterre déjà, mais j'ai pas dit mon dernier mot.

Il hoche la tête, me souffle sa fumée dans les yeux. Il me fait remarquer que Rebecca, en l'employant, ignorait peut-être le vrai sens du mot *mausolée*. Elle n'a pas fait six ans de fac, comme l'emmerdeur que je suis. Je rétorque que ce n'est pas une excuse : si elle a fait un lapsus, c'est peut-être encore pire. Il secoue la tête :

– T'inquiète, elle sait que t'es bien vivant. Peut-être même encore plus, d'ailleurs, depuis que t'es parti.

– Encore plus vivant ? C'est débile. Comment peut-on être *encore plus vivant* ?

– Je ne sais pas, moi, comment ! Je sais seulement pourquoi.

J'attends la suite. J'ai mal au ventre. Il ne répond pas, évite mon regard, promène seulement ses yeux sur mon visage. Il me contemple comme un paysage.

– Qu'est-ce que tu sais des mausolées ? me demande-t-il enfin, l'air rêveur.

Est-ce une question rhétorique, un test de connaissances ? Dans le doute, je sors en vrac :

– Le Taj Mahal, c'est un mausolée, l'hommage d'un sultan à la femme qu'il aimait. Le mausolée d'Halicarnasse était une des Sept Merveilles du monde.

– Bon, ça va, alors. Ça me convient, comme image, le mausolée.

Il sort de sa poche un petit objet emballé dans du papier journal et me le tend. Je déballe. C'est un *khépri*, le scarabée qu'on posait sur le cœur des momies. Décidément, il fait dans le funèbre, aujourd'hui. Je retourne l'objet en tous sens, en renifle l'odeur curieuse de terre et d'épices. Ça sent le souk.

– C'est pour toi. La métamorphose, commente-t-il. La vie après la mort. Ce qui renaît toujours. Tu crois que c'est fini et ça repart. Tu vois le genre ?

– Je vois. Je crois que je vois très bien, oui…

Ça bout comme du magma dans tout mon corps. J'ai tellement de mots d'amour dans la tête, et aucun qui ne veut sortir. À quoi bon, d'ailleurs ? Là, on est allés loin. Trop loin, peut-être. Trop vite.

Je reviens à la plaisanterie :

– Alors, comme ça, tu me piques mes affaires ? Tu es devenu fétichiste ?

– Ça ne date pas d'hier. T'as jamais rien remarqué, hein ? C'est juste pire, maintenant. Les murs sont couverts de photos de toi. Ça fout les jetons, tu verrais ! J'ose plus inviter.

Croyant à une blague, je m'esclaffe. Je m'attends à son rire moqueur, à une bourrade sur l'épaule, pourquoi pas au poisson d'avril dans mon dos. Je m'attends à tout, sauf à son silence. Il me fixe avec gravité et à cet instant précis où ses yeux assombris croisent les miens, je comprends que *c'est vrai*.

C'est le moment que choisit le chat-limace pour faire son entrée. Créant diversion, il gratte ma chaussette, entreprend d'escalader mon jean. Je fais les présentations.

Voici le chat sans étiquette, sans passé, sans identité, le chat qui vit dans le présent absolu. Chat, voici l'Amour. Tu ne le connaissais pas : sache qu'il a un visage, un nom. Contemple-le, apprends-le, c'est facile : il n'y en aura jamais d'autre.

Raphael.

Faites connaissance, aimez-vous, tutoyez-vous, frottez-vous l'un à l'autre, mélangez-vous, devenez l'ombre et la lumière de mon univers.

Je feuillette le livre de T. S. Eliot, pendant que le chaton passe d'un genou à l'autre. Il ronronne tout ce qu'il sait, heureux de se croire le centre du monde. R. lui soulève la queue.

– Dis donc, c'était censé être un mâle ?

Je me penche à mon tour sur son intimité. R. me montre dans les poils deux petits trous serrés l'un sous l'autre.

Dans une telle configuration, me fait-il observer, pas de place pour les roustons. C'est malin. Moi qui voulais l'appeler Limace.

Après tout, c'est un nom féminin, fait remarquer R. Mais c'est moche. Il propose *Bobkes :* en yiddish, c'est une babiole, une petite chose sans importance. Je pense à l'ami d'enfance de Rosa, un garçon qui s'appelait Éléonore… On contracte en *Nonore* : tiens, la voilà rhabillée pour l'hiver. La minette est désormais parée de deux noms auxquels elle ne s'attendait pas plus que je ne m'imaginais, moi, avoir adopté une chatte. Elle n'y répondra sans doute jamais. T. S. Eliot dit que tout chat a un autre nom, son vrai nom de chat qui demeure secret. J'aime bien cette idée. En attendant qu'elle nous le confesse en miaulant, on part sur Nonore Bobkes, qui nous amuse.

En fin d'après-midi, R. me dit qu'il va faire des courses, qu'il s'occupera du dîner. Dans la chambre bleue, je dors un peu en l'attendant, Nonore couchée contre mes cuisses. Je rêve que je vends un tableau sur un marché aux puces ; au moment où quelqu'un me l'achète, je me rends compte que c'est une toile de Rosa Bonheur.

Je me réveille en sueur.

En bas, des bruits de casseroles. Je descends.

Le poêle à bois ronfle à tout faire péter, une hérésie au mois de mai, mais ce n'est plus moi qui suis aux commandes… Le réfrigérateur déborde : soit on attend du monde, soit R. reste huit jours, soit il a prévu de m'engraisser – hypothèse probable si l'on considère la proportion de charcuterie dont moi seul raffole. La table est mise, le vin débouché. Je m'en sers un verre, pour décrasser. Bain de bouche hygiénique au chinon, histoire de chasser le goût de sommeil dans ma bouche. Je vais renifler autour du gaz, ça sent l'oignon et les lardons. On semble bien partis pour un risotto de compétition, avec brocolis et champignons frais.

Je m'approche de l'homme aux fourneaux. Je chuchote à son oreille, passe mes mains sous son pull, soulève une autre sous-couche. Enfin, mes doigts rencontrent la peau nue. Territoire chaud, âpre par endroits, ailleurs doux et velouté. Odeur suave de cèdre et de thé montant de ses vêtements, de ses cheveux, odeur de bord de mer, safran, désert… Sahara, océan, steppe de l'Asie centrale. Mon infini. Il est un pays lointain à lui tout seul. Une contrée de mille et une nuits. Mes mains caressent son ventre dur, glissent jusqu'aux premiers poils frisés. Je veux sentir son désir. Le mien me brûle, il me fait mal. Le vouloir si fort me plie en deux.

Lui seul sait dompter ma solitude. Lui seul réveille en moi tout ce qui dort, tout ce qui est tapi, et cela sans faire aucun effort. Il n'a qu'à paraître. En lui, tout m'appelle. Depuis ce matin, lorsqu'il est apparu comme par magie devant mon stand, je ne suis plus le même. Je le sens bien : chaque fibre vibre, plus vivante que jamais. Haut les cœurs, debout les morts ! J'ai l'impression d'être Dracula se réveillant dans son cercueil : mon corps hurle famine.

On se caresse dans la cuisine, entre deux rires, entre les chiens que ça inquiète, entre un verre de chinon et un baiser. Prudent, il éteint le gaz : si je suis en feu, ce n'est pas une raison pour faire cramer son risotto. Et on passe au salon, pressés, avides, assoiffés. Derrière le piano se tient maintenant une petite écurie de fauteuils, on va de la bergère au crapaud, du bridge au club. On joue aux chaises musicales, une version nouvelle où il y a plus de chaises que d'hommes et beaucoup de danse ; on joue aux vases communicants, je me vide de moi, il me remplit de lui.

Les chiens partent se cacher.

Bien plus tard, assis face à face dans la cuisine, on sauce avec du pain les restes dans nos assiettes. Le risotto était bon et j'avais faim comme jamais.

On a bu et beaucoup ri, on a chanté aussi.

Des tas de trucs marrants, de Boris Vian à Bobby Lapointe, dont notre hymne national beuglé en duo : *Celles qui croient que mon Marcel ça n'est qu'un manuel / Elles connaissent rien, y'a pas que ses mains qui font des choses bien…* D'un Marcel à l'autre, on enchaîne. Il connaît presque autant de Mouloudji que moi, désormais, grâce au disque qu'il m'a volé. Mais je le chante mieux parce que j'y vais à fond : ça sanglote, ça braille, ça miaule – ça *gouale*. On dirait Aristide Bruant croisé avec la Rousse, ou un violon tzigane frotté par un clown. Mes trémolos exagérés le font rire, et de son rire naissent des larmes qui s'enfuient dans ses cils et au coin de ses yeux…

Qui donc a changé, est-ce toi ou moi, ou le verbe aimer… Quand je ne sais plus les paroles, je l'embrasse par-dessus la table. Mon ivresse est totale, mais elle doit si peu au vin…

Il me regarde chanter, me caresse la joue, les cheveux. Mon cœur bat la mesure. Mon tambour secret s'est mué en une grosse caisse d'orchestre. On l'entend depuis le jardin, je parie. Mes chiens l'entendent, et la chèvre de Paulette, et les hiboux dans les arbres, et les étoiles dans la nuit.

Nos coudes sur le même coin de table, le menton sur les poings comme deux ivrognes, nos têtes se touchent. Il me remplit l'oreille de petits bécots chauds. Je crois que je ne saurai plus jamais parler.

Un volet mal attaché bat contre le mur, le vent s'est levé. Un petit feu ronronne dans le poêle.

Soudain, sans préavis, je reçois dans l'oreille des mots inédits :

– Qu'est-ce que j'en ai à foutre des autres ? De n'importe qui d'autre ?

J'arrête de respirer.

– Franchement, qu'est-ce que tu veux que je foute de quelqu'un qui ne saurait pas imiter Mouloudji ? Qui ne parlerait pas aux animaux ? Ce serait d'un chiant ! Je m'ennuie tellement vite, tu sais.

Oh, je le sais ! Mais je me tais, pour qu'il poursuive.

– Moi, ce qu'il me faut, tu vois, c'est quelqu'un d'imprévisible. Par exemple, qu'il soit féministe et écolo, qu'il fabrique des potions magiques avec des plantes qui puent, qu'il transforme sa maison en arche de Noé, qu'il aime la peinture démodée et les écrivains mystiques…

Ma tête repose maintenant au creux de son épaule. Sa voix est de plus en plus basse.

– En plus, il faut qu'il chiale quand je joue la *Troisième Gnossienne* de Satie… Imagine un peu.

Je craque de partout, voie d'eau à babord. Sa main me tient la nuque. Je t'aime, je t'aime, je t'aime. Qui de nous deux le dit, je ne sais pas, c'est la même personne.

*

Le bonheur, même quand il vous est donné d'un coup, il faut se retenir d'en jouir trop vite, il faut en faire de petites provisions pour les jours d'après.

Car viennent ensuite des jours entiers, tout noirs.

Il faut trouver de l'occupation et, heureusement, je n'en manque pas. Beaucoup de choses m'attendent encore, n'attendent que moi. J'ai du pain sur la planche. Il me reste à voir mûrir mes pommes, à faire de la confiture de fraises, à ramasser des champignons, à voir s'envoler les hannetons, à reconnaître le sexe des chatons. Il me reste à laisser partir celui qui s'en va, à transformer les adieux en *au revoir* – puisque, à nous revoir, nous nous sommes condamnés. Il me reste à faire que les fins soient légères. À apprendre à dire, comme Paulette à son vieux matou : « File, toi ! »

File.

Lundi matin, je l'ai regardé partir... Supplice éternel, que je veux assumer désormais.

Ça commence avec le pot d'échappement de la moto et son bruit de tonnerre qui couvre mes paroles – mais c'est sans importance, car je n'ai rien à dire, rien de plus important que ce qui a déjà été dit, ça tient en un mot, même pas, ça tient en une lettre, à peine, ça tient, ça me tient debout, ça me tient vivant. Dans la fumée âcre, les chiens aboient et je dois les retenir par le collier sans quoi ils s'élanceraient à ses trousses et me le ramèneraient par la peau du cul. Il m'offre un dernier regard, un dernier sourire, puis sa tête disparaît sous le casque. Il s'élance, parcourt vingt mètres, et soudain décélère, fait demi-tour dans une gerbe de graviers : j'éclate de rire. À chaque fois, c'est la même chose : il part dans le mauvais sens, en direction de La Flèche, tournant le dos à Paris comme pour s'enfoncer encore un peu plus dans mon territoire, encore un peu plus loin en moi – mais il se ravise, bien obligé. Il hoche la tête : je devine sous le casque son sourire, je parie même qu'il se marre.

Et puis il accélère, et sa silhouette disparaît à l'horizon…

Et plus il s'éloigne, plus son ombre grandit.

Après, je n'ai plus qu'à occuper les heures jusqu'au prochain coup de fil, qui me dira qu'il pleut sur Paris, que la cathédrale de Chartres brillait sous le soleil de midi, que dans la forêt de Rambouillet, il a vu passer une biche.

Note de l'auteur

La vie littéraire du narrateur de *Bonheur fantôme* a commencé en 2006 avec le roman *Point de côté* (Éditions Thierry Magnier).

Ouvrage réalisé par le Studio graphique du Rouergue

Reproduit et achevé d'imprimer
par l'imprimerie CPI - France Quercy à Mercuès,
en mai 2009.

Dépôt légal : septembre 2009 - N° d'impression : 90568/

ISBN : 978 2 8126 0063 0